エピソード
01

あやしい旅《りょ》行《こう》者《しゃ》

1

怪盗紳士《かいとうしんし》のうわさ

そのころ世間《せけん》は、アルセーヌ・ルパンのことで、もちきりでした！
フランスだけではなくヨーロッパ全体《ぜんたい》で、人《ひと》と人《ひと》が出会《であ》えば、大《おお》どろぼうであるルパンのことを話《はな》し、うわさしていたのです。
ぼくが毎日《まいにち》読《よ》んでいる新聞《しんぶん》にも、こんな見出《みだ》しが、大《おお》きくのっていました。

天才怪盗《てんさいかいとう》アルセーヌ・ルパン、パリにあらわれる！
警官《けいかん》が取《と》りかこむ古城《こじょう》から、ルパンが宝物《たからもの》をぬすむ！

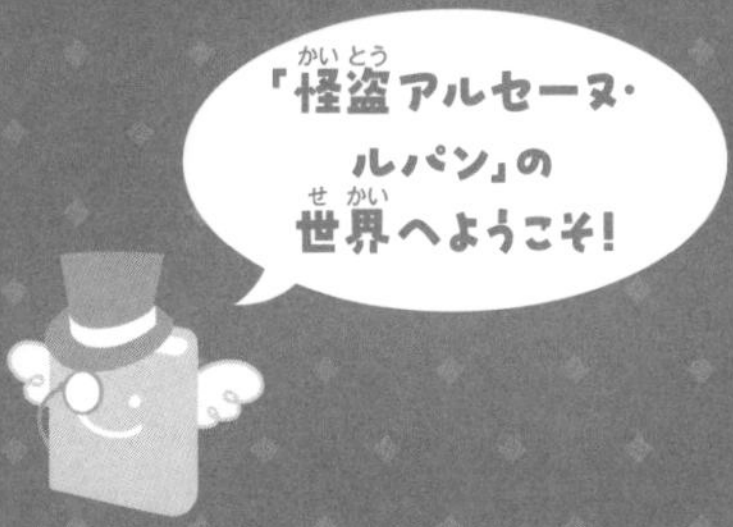
「怪盗《かいとう》アルセーヌ・
ルパン」の
世界《せかい》へようこそ!

作《さく》／モーリス・ルブラン
編著《へんちょ》／二階堂黎人《にかいどうれいと》　絵《え》／清瀬《きよせ》のどか

怪《かい》盗《とう》アルセーヌ・ルパン
あやしい旅《りょ》行《こう》者《しゃ》

Gakken

アルセーヌ・ルパン！

世界一《せかいいち》の大《おお》どろぼう、怪盗紳士《かいとうしんし》アルセーヌ・ルパンの世界《せかい》へようこそ！

Profile《プロフィール》

名前《なまえ》
アルセーヌ・ルパン

生《う》まれそだった国《くに》
フランス

とくいなこと
変装《へんそう》。スポーツ。空手《からて》など日本の武道《ぶどう》※。
変装《へんそう》は、どんな人《ひと》にもなりきれる。

すきなもの
高価《こうか》な宝石《ほうせき》、すばらしい絵《え》や彫刻《ちょうこく》。
もちろん、お金《かね》も大《だい》すきさ。

ぬすみのルール
ぜったいに成功《せいこう》。ぜったいに人《ひと》は殺《ころ》さない。
暴力《ぼうりょく》もきらいだね。危険《きけん》がせまったときは、
空手《からて》や柔道《じゅうどう》のわざをつかう。

ライバル
パリのガニマール警部《けいぶ》と、世界一《せかいいち》といわれている
イギリスの、あの名探偵《めいたんてい》。

友人《ゆうじん》
ルブラン。この本《ほん》の原作者《げんさくしゃ》さ。

最近《さいきん》うれしかったこと
脱獄成功《だつごくせいこう》!! くわしくは『10歳《さい》までに読《よ》みたい世界名作《せかいめいさく》
12巻《かん》 怪盗《かいとう》アルセーヌ・ルパン』を読《よ》んでほしい。

ぼくがルパンさ。世間《せけん》にはひみつだが、読者《どくしゃ》のみんなのためだけに、特別《とくべつ》に自己《じこ》しょうかいしよう。

事件《じけん》ナビ
この本《ほん》に出《で》てくる事件《じけん》をしょうかいしよう！

※原作《げんさく》では柔術《じゅうじゅつ》となっています。

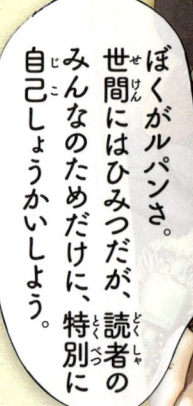

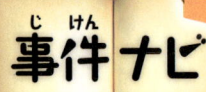

怪《かい》盗《とう》でありヒーロー！

ふふふ……世間《せけん》では、ぼくの話題《わだい》で、もちきりのようだ。
Le Journal News
宝石《ほうせき》が大量《たいりょう》に消《き》える!! ルパンか!?
LE NEWS
ルパンが予告《よこく》
「城《しろ》から宝《たから》を盗《ぬす》む
L'Echo de Fra
怪盗紳士《かいとうしんし》ルパン、次《つぎ》の犯行予告《はんこうよこく》！

エピソード01

あやしい旅行《りょ》行《こう》者《しゃ》

「この列車《れっしゃ》に、ルパンが乗《の》りこんだらしい！」

パリの駅《えき》で、脱獄《だつごく》したルパンを見《み》たという情報《じょうほう》が…。ほんとうに乗《の》っているのか？

走《はし》りつづける特急《とっきゅう》の個《こ》室《しつ》で、何《なに》かが起《お》こる！

の物《もの》"を手《て》に入《い》れたルパン
ルパンの対決《たいけつ》が始《はじ》まる!!
ぼくは、この7つの物《もの》を見《み》て「これは事件《じけん》が起《お》こった」とわかったのさ。この中《なか》の、赤《あか》いスカーフのひみつもね。ふふふ……、きみたちにもわかるかな?

ガニマール警部《けいぶ》と

エピソード02

赤《あか》いスカーフのひみつ

ルパンのライバル、ガニマール警部《けいぶ》が、町《まち》で、あやしい男《おとこ》たちを見《み》つけた！そのあとに待《ま》ちうけていたこととは!?

パリの町《まち》で、あやしい人物《じんぶつ》を見《み》つけたガニマール警部《けいぶ》

あやしい人物《じんぶつ》 その1
オレンジの皮《かわ》を道《みち》においていく男《おとこ》
50歩進《ほすす》むごとに、くつひもをむすびなおし、オレンジの皮《かわ》をこっそり道《みち》ばたにおいていく。

あいつらは、あやしいぞ。これは事件《じけん》だ！

12歳《さい》くらい。オレンジをおく男《おとこ》の動《うご》きに合《あ》わせて、かべにチョークでしるしをつけている。
あやしい人物《じんぶつ》 その2
家《いえ》のかべに、あやしいしるしをつける少年《しょうねん》

このあと、ガニマール警部《けいぶ》が見《み》たものとは？

ガニマール警部《けいぶ》

フランス一《いち》の名警部《めいけいぶ》といわれている、パリ警視庁《けいしちょう》のベテラン。ルパンを追《お》っている。

列車《れっしゃ》の個室《こしつ》に乗《の》りあわせた、3人《にん》の乗客《じょうきゃく》たち
この中《なか》に、
ルパンがいるのか。
それとも!?
夫人《ふじん》
紳士《しんし》
あやしい旅行者《りょこうしゃ》
ひとりの男《おとこ》が、ねむってしまう。
目《め》ざめたときには……。

このページを左《ひだり》に引《ひ》っぱってね。

個室《こしつ》で事件《じけん》、発生《はっせい》!!

フランス
日本

列車《れっしゃ》の移動図《いどうず》
ル・アーブル
ビュシー
アミアン
ダルネタル
ルーアン
セーヌ川《がわ》
フランス
パリ サン・ラザール

※路線図《ろせんず》は、現代《げんだい》の地図《ちず》にもとづいたものです。

「あやしい旅行者《りょこうしゃ》」の舞台《ぶたい》

古《ふる》くから栄《さか》えていた、ルーアンの町《まち》。今《いま》も石《いし》だたみで、歴史《れきし》的《てき》な建物《たてもの》がならぶ。

ルパンの時代《じだい》から、大《おお》きな駅《えき》だった、パリのサン・ラザール駅《えき》。このお話《はなし》は、ここから始《はじ》まる。

このあと、どうなるのか!?

一方《いっぽう》、“ある7つ

それは、深夜《しんや》にセーヌ川《がわ》に落《お》ちてきた！

これが“7つの物《もの》”！

赤《あか》いスカーフのひみつとは？

ガラスのインクつぼ
数《すう》まいの新聞紙《しんぶんし》
はさみ
かわのひも
ガラスのかけら
白《しろ》い紙箱《かみばこ》
赤《あか》いスカーフの切《き》れはし

「赤《あか》いスカーフのひみつ」の舞台《ぶたい》

今《いま》から400年《ねん》ほど前《まえ》にできた、石《いし》づくりの橋《はし》、ポン・ヌフ。

©Naka

ガニマールが、あやしい人物《じんぶつ》たちを追《お》ったあたりの、パリの道《みち》。

©kei

もくじ

エピソード01 あやしい旅行《りょこう》者《しゃ》

エピソード02

赤《あか》いスカーフのひみつ

ルパンとは、いったい何者《なにもの》なのか⁉

そうです。みんながルパンのことを知《し》っていましたが、正体《しょうたい》はわからなかったのです。

というのも、ルパンは変装《へんそう》の名人《めいじん》で、化《け》しょうやかつらなどの道具《どうぐ》を使《つか》って、老人《ろうじん》から、わかい女性《じょせい》まで、どんな人《ひと》にでも化《ば》けることができたからです。

そのうえ、一流《いちりゅう》の俳優《はいゆう》以《い》上《じょう》に、声《こえ》やしぐさもかんたんにかえて、どんな人《ひと》にもなりきることができました。そうして、おどろくほどの大金《たいきん》や、宝石《ほうせき》や、美術品《びじゅつひん》を、楽々《らくらく》とぬすみました。

それも、ただぬすむだけではありません。

予告《よこく》をすることもあるのです！

こんにちは。明日《あす》の夜中《よなか》、午前《ごぜん》一時《じ》ごろに、ぼくがぬすみに入《はい》ります。
あなたの持《も》っている、高価《こうか》な宝石《ほうせき》や絵画《かいが》を、いただきます。
どうぞよろしく。

アルセーヌ・ルパン

ぬすみに入《はい》る前《まえ》に、わざわざこんな予告《よこく》を送《おく》ってくるのです。
予告《よこく》をすれば、相手《あいて》は用心《ようじん》し、警察《けいさつ》にも知《し》らせるのに！
なんて、大《だい》たんなどろぼうではありませんか！
たくさんの警察官《けいさつかん》たちが見《み》はっていても、ルパンは平気《へいき》です。いった

とおりに屋《や》しきにしのびこみ、ほしい物《もの》をうばいとっていきました。

まるで、魔法使《まほうつか》いか、すがたを消《け》せる透明人間《とうめいにんげん》のようでした。

ただし、ルパンはまずしい人《ひと》や弱《よわ》い立場《たちば》の人《ひと》、子《こ》どもをねらうことはありません。いばっている大金持《おおがねも》ちや、悪《わる》いことをしている人《ひと》から、ぬすむのです。

ときには、ぬすんだお金《かね》で、こまっている人《ひと》を助《たす》けることもありました。しかも、らんぼうなことがきらいで、殺人《さつじん》はぜったいにしません。だから、ルパンは世間《せけん》の人《ひと》たちから人気《にんき》があり、「怪盗紳士《かいとうしんし》」とよばれていたのです。

ですが、そんなルパンが、少《すこ》し前《まえ》に失敗《しっぱい》をしました。フランス一《いち》の刑事《けいじ》といわれる、ガニマール警部《けいぶ》につかまってしまったのです。

灰色《はいいろ》の髪《かみ》で目《め》がするどい、大《おお》がらなベテラン警部《けいぶ》です。

世間《せけん》の人《ひと》たちは、たいへんびっくりしました。

フランスじゅうの人間《にんげん》が、これでルパンもおしまいか、と思《おも》いました。

しかし、ルパンはあきらめませんでした。なんと、裁判《さいばん》が始《はじ》まる前《まえ》に、げんじゅうに見《み》はられていた刑務所《けいむしょ》から、脱獄《だつごく》してしまったではありませんか！

警察《けいさつ》やガニマール警部《けいぶ》は、もう一度《いちど》、ルパンをつかまえようと、すぐに追《お》いました。

今日《きょう》、ぼくが買《か》った新聞《しんぶん》にも、そうしたことが、くわしく書《か》いてありました。

ルパン、まんまと脱獄《だつごく》する！

記事《きじ》をよく読《よ》むと、ルパンはもう、フランスを出《で》て、トルコへ向《む》かったといううわさもあるそうです。

「――すごいやつだな、ルパンは！」

ぼくは、ゆかいな気持《きも》ちになりました。

たくさんの警察官《けいさつかん》が、*血《ち》まなこになって、ルパンをさがしています。

にもかかわらず、かしこいルパンは、知《し》らん顔《かお》でにげているのですから！

*血《ち》まなこ…こうふんして血《ち》ばしった目《め》。ここでは、必死《ひっし》になって物事《ものごと》をするようす。

NEWS
ルパン、まんまと
脱獄する！
News

2 ルーアン行《い》きの列車《れっしゃ》

駅《えき》のホームに、アナウンスが流《なが》れました。もうすぐ、ルーアン行《い》きの列車《れっしゃ》が出《で》るのです。
ぼくは新聞《しんぶん》をたたみ、その列車《れっしゃ》に乗《の》りました。パリのサン・ラザール駅《えき》から列車《れっしゃ》を使《つか》って、ルーアンの友人《ゆうじん》のところへ遊《あそ》びに行《い》くのです。
ぼくは一等車《とうしゃ》に乗《の》りました。中《なか》は、四人《にん》から六人《ろくにん》がすわれる個室《こしつ》がならんでいるのですが、ほとんど満員《まんいん》でした。
最後《さいご》の個室《こしつ》に、ほっそりとした女性《じょせい》がいました。まどを開《あ》けて、ホームにいる、ひげを生《は》やした男性《だんせい》と話《はな》していました。

「じゃあ、なるべく早《はや》く、あいつをつかまえるよ。そうしたら、すぐにおれも、ルーアンに行《い》くから。」

「気《き》をつけてね、あなた。ゆだんしちゃだめよ。」

服装《ふくそう》と、二人《ふたり》の会話《かいわ》からすると、男性《だんせい》は女性《じょせい》の夫《おっと》で、警察《けいさつ》の人《ひと》のようです。

出発《しゅっぱつ》の合図《あいず》の汽笛《きてき》が鳴《な》りました。男性《だんせい》は、個室《こしつ》に入《はい》ろうとしているぼくを、ちらりと見《み》ました。ぼくが紳士《しんし》とかくにんして、安心《あんしん》したようです。

「じゃあ、お母《かあ》さんによろしく。」

そういって、男性《だんせい》が立《た》ちさり、女性《じょせい》はまどをしめました。

「失礼《しつれい》します、おくさん。ぼくは、ベルラという者《もの》です。この個室《こしつ》しか空《あ》いていないので、ごいっしょしてもかまいませんか。」

個室《こしつ》に入《はい》り、ぼくはやさしくたずねました。そこには、向《む》かいあって、二《ふた》つの長《なが》いすがあります。ぼくは、空《あ》いているほうを指《ゆび》さしました。

かのじょはためらいがちに、小《ちい》さくうなずきました。横《よこ》に、小《こ》ぶりの旅行用《りょこうよう》バッグがあります。

「ええ。どうぞ。わたくしはルーアンまで行《い》くんですの。」

「ああ、ぼくもです。休《やす》みが取《と》れたので、向《む》こうにいる友人《ゆうじん》と遊《あそ》ぶんですよ。」

もう一度《いちど》汽笛《きてき》が鳴《な》り、列車《れっしゃ》がゆっくりと動《うご》きだしました。

ぼくは、個室《こしつ》のドアをしめると、あみだなにボストンバッグと灰色《はいいろ》のコートをのせました。そして、こしを下《お》ろして、かのじょに話《はな》しかけました。

「ご主人《しゅじん》は、警察《けいさつ》の人《ひと》ですか。」
「はい。そうですの。夫《おっと》のルノーは、となり町《まち》の警察署《けいさつしょ》につとめていま
す。あのルパンがにげたので、つかまえるために大《おお》ぜいの警察官《けいさつかん》がよ
ばれて、夫《おっと》もその一人《ひとり》ですの。」
「だから、この駅《えき》に、たくさんの警察官《けいさつかん》がいたのですね。おくさんも、
ルパンを悪党《あくとう》だと思《おも》うのですか。」
ぼくがきくと、ルノー夫人《ふじん》は、心配《しんぱい》そうにまゆをひそめました。
「もちろん悪《わる》い人《ひと》ですわ。どろぼうで、世間《せけん》をさわがせてばかりいます
もの。それに、きっと、ものすごくこわい顔《かお》をしていて、大男《おおおとこ》にちが
いありませんわ。手下《てした》がたくさんいて、いつも、いばっているのだと
思《おも》います。」

「たしか、変装《へんそう》の名人《めいじん》だそうですね。」

「だれにでも化《ば》けられるので、さがすのがたいへんだと、主人《しゅじん》が申《もう》していました。」

「しかし、駅《えき》のような、人《ひと》がたくさん集《あつ》まるところに、ルパンがいるとは思《おも》えませんね。たぶんもう、外国《がいこく》へにげてしまっていますよ。」

ぼくは、ルノー夫人《ふじん》を安心《あんしん》させるために、いいました。

かのじょは、ちょっと考《かんが》えこみました。

「……ええ。きっと、そうでしょうね。でも、わたくしたちも、用心《ようじん》しなくてはなりません……。」

そのとき、らんぼうに、個室《こしつ》のドアが開《あ》けられました。

入《はい》ってきたのは、*中《なか》おれ帽《ぼう》をかぶり、茶色《ちゃいろ》いジャケットを着《き》た男《おとこ》です。

*中《なか》おれ帽《ぼう》…真《ま》ん中《なか》がくぼんだ山型《やまがた》になっている帽子《ぼうし》。

そして、かれは何《なに》もいわず、ルノー夫人《ふじん》の横《よこ》に、ドッカとすわってしまったのです。

ぼくは、ちょっとまゆをひそめました。

（礼《れい》ぎを知《し》らないやつだな……。）

しかし、男《おとこ》はうで組《ぐ》みし、帽子《ぼうし》のつばを下《さ》げて、目《め》をつぶってしまいました。

ぼくは、素早《すばや》く、かれを観察《かんさつ》しました。着《き》ている服《ふく》は新《あたら》しくて、高級《こうきゅう》な物《もの》ですし、顔《かお》つきもととのっていました。いちおう、悪《わる》い男《おとこ》や、あやしい男《おとこ》には見《み》えません。

ただ、どうも、いやな感《かん》じがしたのです……。

3 あやしい旅行者《りょこうしゃ》

そのままルノー夫人《ふじん》を見《み》て、ぼくはおどろきました。青《あお》ざめて、小《ちい》さくふるえていたからです。となりにすわった男《おとこ》のせいで、明《あき》らかにこわがっています。かのじょは、旅行《りょこう》バッグを自分《じぶん》のひざにのせました。

ぼくは身《み》を乗《の》りだし、小《ちい》さな声《こえ》で、かのじょにたずねました。

「どうしましたか、おくさん。気分《きぶん》が悪《わる》いのなら、まどを開《あ》けましょうか。」

ルノー夫人《ふじん》は、まどのほうへ身《み》をよせ、やっとのことで答《こた》えました。聞《き》きとれないほどの小声《こごえ》でした。

「……この列車《れっしゃ》に、あの男《おとこ》が乗《の》っているのかも。」

「あの男《おとこ》？　だれです？」

ぼくも、ささやきかえしました。

「ルパンです……アルセーヌ・ルパンです。」

かのじょはふるえ声《ごえ》でそういい、横《よこ》にいる男《おとこ》をちょっとだけ見《み》ました。

「まさか。そんなことはありませんよ。」

ぼくは、首《くび》をふった。

「どうしてですの。」

「さっきもいったとおり、ルパンは、とっくににげたはずです。かれは、*欠席裁判《けっせきさいばん》によって、二十年《ねん》の刑《けい》を下《くだ》されました。ですから、フランスにいてはまずいのです。急《いそ》いで、トルコあたりに行《い》ったはずです。」

＊欠席裁判《けっせきさいばん》…本人《ほんにん》がその場《ば》にいないところで、その人《ひと》にかんすることを決《き》めてしまうこと。

「でも……。」

ルノー夫人《ふじん》は心配《しんぱい》そうに、また、男《おとこ》のほうを見《み》ました。

かのじょは、どうやら、この男《おとこ》をアルセーヌ・ルパンだと思《おも》っているようです。

「列車《れっしゃ》が出《で》る前《まえ》に、夫《おっと》がわたくしにいったのです。ルパンらしき男《おとこ》を、駅《えき》の待合室《まちあいしつ》で見《み》た者《もの》がいると……。」

「でしたら、ルパンはもう、駅《えき》でつかまっているころでしょう。」

「いいえ、ちがいます。あの男《おとこ》は、べつの列車《れっしゃ》の切《きっ》ぷを買《か》ったそうです。その列車《れっしゃ》に乗《の》るように見《み》せかけて、きっと、この列車《れっしゃ》にとびのったんですわ！」

と、夫人《ふじん》は強《つよ》くうったえました。わざと、となりの男《おとこ》に聞《き》こえるように、いったのでしょうか。

「だったら、この列車《れっしゃ》がルーアンに着《つ》いたら、警察官《けいさつかん》たちが、ルパンをとらえますよ。」

「列車《れっしゃ》がルーアンに着《つ》く前《まえ》に、ルパンが、へんなことをしたらどうしますか。」

かのじょは本気《ほんき》で心配《しんぱい》しています。

「おくさん、落《お》ちついてください。走《はし》っている列車《れっしゃ》の中《なか》では、さすがのルパンだって、にげ場《ば》はありません。駅《えき》に着《つ》くまでは、おとなしくしているでしょう。そのほうが、かれにとっても安全《あんぜん》ですからね。」

ぼくがやさしくはげますようにいうと、ルノー夫人《ふじん》は少《すこ》しだけ安心《あんしん》したようでした。そして、旅行《りょこう》バッグをしっかりだきしめ、まどのほうを向《む》いてしまいました。

男《おとこ》のほうは、目《め》をつぶり、うで組《ぐ》みしたまま、ぜんぜん動《うご》きません。ねているようでした。

ぼくはたいくつになり、新聞《しんぶん》を広《ひろ》げ、もう一度《いちど》、読《よ》みはじめました。

そのうちに、ぼくはねむくなってきました。このところ、ぼくはいそがしすぎました。とてもつかれて、かなり寝不足《ねぶそく》だったのです。だんだん、まぶたが落《お》ちてきました。ねむけに負《ま》けて、ぼくはゆめを見始《みはじ》めました。

ぼくは、鳥《とり》のように空《そら》をとんでいました。まわりに、たくさんの雲《くも》があります。

それらの雲《くも》が形《かたち》をかえて、さまざまな宝物《たからもの》になっていきました。宝石《ほうせき》や、首《くび》かざりや、王冠《おうかん》や、指輪《ゆびわ》や、油絵《あぶらえ》や、彫刻《ちょうこく》などにです。どれも、キラキラとかがやいて、まばゆい光《ひかり》を放《はな》っています。

それらの宝物《たからもの》が、おもちゃをつみあげたような山《やま》になりました。

その向《む》こうに、一人《ひとり》の男《おとこ》がいました。シルクハットをかぶり、*えんび

服《ふく》を着《き》て、黒《くろ》いステッキを持《も》った、しゃれた格好《かっこう》の男《おとこ》です。

そう。そいつはアルセーヌ・ルパンでした。ぬすんで集《あつ》めた、たくさんの宝物《たからもの》の前《まえ》でうれしくて、にやにやとわらっているのです。

それから、ルパンは宝物《たからもの》の山《やま》を乗《の》りこえ、ぼくのほうへ歩《ある》いてきました。そして、ぼくの体《からだ》にのしかかり、両手《りょうて》に力《ちから》をこめ、ぼくの首《くび》をしめはじめたのです。

「……う、ううーん。」

ぼくは苦《くる》しくて、うめきました。

はっと、目《め》を開《あ》けると――。

なんと、あの男《おとこ》がおそろしい顔《かお》をして、両手《りょうて》で、ぼくの首《くび》をしめているではありませんか！

＊えんび服《ふく》…紳士《しんし》の正装《せいそう》。パーティーや儀式《ぎしき》のときに着《き》る服《ふく》の一《ひと》つで、上着《うわぎ》のすそが二《ふた》つに分《わ》かれている。

すごい力《ちから》です。

しかも、かたほうのひざで、ぼくの腹《はら》をおさえていたため、ぼくはにげられず、やられっぱなしでした。

苦《くる》しい中《なか》、ぼくは横目《よこめ》で、ルノー夫人《ふじん》をさがしました。

かのじょは、まどぎわでぐたっと、気《き》をうしなっていました。たぶん、ぼくをおそう前《まえ》に、男《おとこ》がかのじょをおどろかせて、気絶《きぜつ》させてしまったのでしょう。

ぼくは手足《てあし》をばたつかせ、男《おとこ》をどかそうとがんばりました。

ですが、男《おとこ》の力《ちから》が強《つよ》すぎました。頭《あたま》も体《からだ》もしびれてきて、気《き》がつくと、ぼくは、体《からだ》じゅうをひもでしばられていました。

声《こえ》が出《だ》せないよう、口《くち》にも布《ぬの》を当《あ》てられているので、さけんで、助《たす》けをよぶこともできません。

ぼくは、くやしくて、うめきました。ほとんど、身動《みうご》きができません。

「命《いのち》がおしければ、おとなしくしていやがれ！」

男《おとこ》は、おどかすようにいいました。

それにしても、男《おとこ》の行動《こうどう》は大《だい》たんでした。こいつは、*うでの立《た》つ強盗《ごうとう》か、犯行《はんこう》になれた悪人《あくにん》にちがいありません。

それにくらべて、このぼくは、じつにまぬけです。こんなにあぶない男《おとこ》が同《おな》じ個室《こしつ》にいたというのに、うっかり、ねむってしまったのですから。

そのあげく、包帯《ほうたい》だらけのミイラのようにしばられ、座席《ざせき》の上《うえ》に、ただ転《ころ》がされているのです。

*うでが立《た》つ…物事《ものごと》をやりとげる力《ちから》が、すぐれている。うで前《まえ》がすばらしい。

アルセーヌ・ルパンという名前《なまえ》を持《も》つ、このぼくがです！
どろぼうの王様《おうさま》とさえよばれる、このルパンが、だらしなくやられてしまったのです！
ああ、ほんとうに、くだらない大失敗《だいしっぱい》です！

4 しばられたルパン

強盗《ごうとう》は、ギラギラと光《ひか》る目《め》で、ぼくをにらみつけました。こんな男《おとこ》、ぼくはちっともこわくはありません。けれども、口《くち》をふさがれていたので、いいかえせません。

「さて、おまえが持《も》っている物《もの》を、みんなおれによこしな！」

男《おとこ》は、ぼくから、さいふや時計《とけい》をうばいました。それから、ぼくのボストンバッグをあみだなから下《お》ろし、中《なか》をあさり、大金《たいきん》や書類《しょるい》入《い》れを見《み》つけだしました。

（ああ、なんてことだ！）

ぼくは心《こころ》の中《なか》でさけびました。

アルセーヌ・ルパンともあろう者《もの》が、こそどろにやられるとは！

「――さて、次《つぎ》はこの女《おんな》だ。何《なに》を持《も》っているかな。」

男《おとこ》はうすわらいをうかべながらいい、ルノー夫人《ふじん》の旅行《りょこう》バッグに手《て》をのばし、さいふや、宝石《ほうせき》が入《はい》っていると思《おも》われるふくろを、取《と》りだしました。

そのとき、ルノー夫人《ふじん》が意識《いしき》を取《と》りもどしました。はっと息《いき》をのみ、体《からだ》をちぢめます。

「ほら、指輪《ゆびわ》と、首《くび》かざりをよこせ！」

男《おとこ》は、きつい声《こえ》でいいました。

かのじょはふるえながら、それらをはずし、男《おとこ》にわたしました。

「これだけか！」

男《おとこ》がどなったので、かのじょは声《こえ》にならない小《ちい》さな悲鳴《ひめい》を上《あ》げ、また気《き》をうしなってしまいました。

男《おとこ》は、落《お》ちついた態度《たいど》で、いすにすわりました。そして、ぼくたちからぬすんだものを、ていねいに調《しら》べました。

「へ、へへ。この指輪《ゆびわ》はダイヤだし、首《くび》かざりも、なかなかの高級品《こうきゅうひん》だぞ。書類入《しょるいい》れも、重要《じゅうよう》そうな紙《かみ》が入《はい》っているじゃないか――何《なに》かの役《やく》に立《た》つだろう。」

どのくらいの値打《*ねう》ちのあるものか、調《しら》べているのです。そして、男《おとこ》は満足《まんぞく》すると、にやりとわらって、すべてを、ぼくのボストンバッグの中《なか》にしまいました。

でも、ぼくのほうは、大《おお》いに不《ふ》満《まん》でした。

あの書類入《しょるいい》れには、いろいろと大事《だいじ》な物《もの》が入《はい》っていたのです。どろぼうの計画書《けいかくしょ》とか、ぬすみに入《はい》る屋《や》しきの図面《ずめん》とか、ひみつの手《て》紙《がみ》とか、部下《ぶか》のリストとかです。

それらはみんな、このアルセーヌ・ルパンにとって、必要《ひつよう》な物《もの》でした。せっかく、次《つぎ》の仕事《しごと》はおもしろくなりそうだったのに！

＊値打《ねう》ちがある…役《やく》に立《た》つ、価値《かち》がある。

(なんとしても、取《と》りかえしてやる!)

しかし、その前《まえ》に、ぼくやルノー夫人《ふじん》はどうなるのでしょうか。男《おとこ》はぼくのボストンバッグにあった時刻表《じこくひょう》を見《み》ながら、タバコをゆっくりとすいはじめました。どうやら、ぼくらはこれ以上《いじょう》、いためつけられることはないようです。

列車《れっしゃ》は、かなりのスピードで走《はし》っていました。

パリの駅《えき》で、ルパンを見《み》かけたという通報《つうほう》があったとすれば、次《つぎ》のルーアン駅《えき》では、このぼくをつかまえようと、警察官《けいさつかん》が待《ま》ちかまえていることでしょう。こんなふうにしばられていたら、さすがのぼくでも、すぐにつかまってしまいます。

もしつかまっても、まあ、また、にげればよいのですが——。せっかく脱獄《だつごく》したばかりなので、もう少《すこ》し自由《じゆう》を味《あじ》わいたいわけです。

ぼくらをおそった男《おとこ》も、次《つぎ》の駅《えき》に警察官《けいさつかん》がいると、気《き》づいているはずです。しかし、かれは落《お》ちついていました。

ガタン。列車《れっしゃ》が、少《すこ》しゆれました。*セーヌ川《がわ》をわたる鉄橋《てっきょう》の上《うえ》を、通《つう》過《か》したからです。

「さて、そろそろ、にげだすじゅんびをするか……。」

と、男《おとこ》はつぶやきました。あみだなにあるぼくのコートをつかみ、そでを通《とお》しました。

ぼくは、かれのすることを見《み》ながら、考《かんが》えました。

(どういうつもりだ？　こんなに速《はや》く走《はし》っている列車《れっしゃ》から、どうにげようというのか。)

*セーヌ川《がわ》…フランス北部《ほくぶ》を流《なが》れる川《かわ》。首都《しゅと》パリの中心《ちゅうしん》も流《なが》れる。

男《おとこ》は、気《き》をうしなったままのルノー夫人《ふじん》を横《よこ》にどかし、まどを開《あ》けました。ボストンバッグを持《も》ち、いすにかた足《あし》をかけると、頭《あたま》を外《そと》に出《だ》しました。

（まさか、まどからとびおりるのか。）

しかし、そのまさかでした。

「よし、思《おも》ったとおりだぞ！」

男《おとこ》はいい、にやりとしました。

列車《れっしゃ》がトンネルに入《はい》ると、急《きゅう》にスピードを落《お》としたのです。だんだん、ゆっくり走《はし》るようになりました。

男《おとこ》は、まどわくをつかんで、軽々《かるがる》と体《からだ》を外《そと》に出《だ》しました。

そして、ひらりと、とびおりてしまったのです！

闇《やみ》の中《なか》に、男《おとこ》のすがたが、ふっと消《き》えました。

一分《ぷん》ほどして、少《すこ》し外《そと》が明《あか》るくなりました。列車《れっしゃ》がだんだんと、スピードを上《あ》げはじめました。

ぼくはけんめいに頭《あたま》を起《お》こし、外《そと》のようすを見《み》ました。

トンネルを出《で》たところで、線路《せんろ》の工事《こうじ》をしています。だから、列車《れっしゃ》はスピードを落《お》としたのでした。

男《おとこ》は、この工事《こうじ》のことを知《し》っていたのです。列車強盗《れっしゃごうとう》をしたあとに、ここでにげようと、はじめから計画《けいかく》していたのでしょう。

(この、ルパンが、やられっぱなしで、たまるか!)

ぼくは、口《くち》に当《あ》てられた布《ぬの》の下《した》でうなりました。

体《からだ》を少《すこ》しずつゆらし、動《うご》かし、しばられていたひもをゆるめようと、がんばりました。
あともう一《ひと》つトンネルをぬけると、ルーアン駅《えき》に着《つ》きます。
それまでに、にげださないと、警察《けいさつ》につかまってしまうのです！

5 ルパンの追跡《ついせき》

ぼくは体《からだ》をくねらせ、いすから、わざと落《お》ちました。

ゆかに転《ころ》がったぼくは、しばられた両足《りょうあし》をのばし、気《き》をうしなっているルノー夫人《ふじん》のくつをつっつきました。

「……うーん。」

かのじょがうめきながら、目《め》を開《あ》けました。はっとして、このたいへんなようすに気《き》づいたようです。

「――だ、だいじょうぶですか!?」

かのじょはあわてて、ぼくの口《くち》をふさいでいる布《ぬの》を、取《と》ってくれました。

「ありがとう、おくさん。」

ぼくは、心《こころ》から礼《れい》をいいました。

「あ、あの人《ひと》は？」

あの男《おとこ》のことを思《おも》いだしたのか、ルノー夫人《ふじん》は、目《め》におそれの色《いろ》をうかべました。

「まどからにげましたよ。」

「まあ！　すぐに、非常《ひじょう》ベルを鳴《な》らします。」

「いいや、もうおそい。もうすぐ、

ルーアン駅《えき》に着《つ》いて、列車《れっしゃ》が止《と》まります。そうしたら、警察《けいさつ》をよびましょう。」

ぼくがそういう間《あいだ》に、ルノー夫人《ふじん》は、ぼくをしばっているひもをほどいてくれました。

「やはり、わたくしがいったとおり、ルパンがこの列車《れっしゃ》に乗《の》っていたのですね。指輪《ゆびわ》も宝石《ほうせき》も、すっかりとられてしまいましたわ。」

と、かのじょは悲《かな》しい顔《かお》をしました。

「だいじょうぶ、取《と》りかえせますよ。」

ぼくはかのじょの手《て》を取《と》り、はげましました。怪盗《かいとう》のぼくですが、けなげな女性《じょせい》が悲《かな》しむのは、ゆるせないのです。

「無理《むり》ですわ。あの男《おとこ》はルパンですもの。」

「とにかく、駅《えき》に着《つ》いたら、ここで起《お》きたことを、くわしく駅員《えきいん》や警官《けいかん》たちに話《はな》してください。ぼくも説明《せつめい》しますが、警察官《けいさつかん》のおくさまであるあなたがいったほうが、かれらも信用《しんよう》します。そして、強盗《ごうとう》の人相《にんそう》や灰色《はいいろ》のコートを着《き》て行《い》ったことなんかを、くわしく教《おし》えるんです。」

「はい。」

「それと、先《さき》にあなたのお名前《なまえ》と、ご主人《しゅじん》のお名前《なまえ》、さらに、ぼくの名《な》前《まえ》をいってください。

ぼくは、ギョーム・ベルラです。マルセイユで旅行会社《りょこうがいしゃ》を経営《けいえい》しています。

そして、ぼくは、あなたの知《し》り合《あ》いだということにしておいてください。そうすれば、駅員《えきいん》や警察官《けいさつかん》たちも、よけいなことを考《かんが》えないで、あの男《おとこ》を追《お》いかけられますからね。」

「ええ、そうしますわ。」

ルノー夫人《ふじん》がうなずいたとき、列車《れっしゃ》がスピードを落《お》としました。間《ま》もなく、列車《れっしゃ》はルーアン駅《えき》に着《つ》きました。

かのじょは、ぼくのいったとおりにしてくれました。

列車《れっしゃ》の中《なか》で強盗事件《ごうとうじけん》があったと知《し》り、駅員《えきいん》たちはおどろきました。警察官《けいさつかん》たちも、すぐにかけつけました。ルパンがこの列車《れっしゃ》に乗《の》っているかもしれないと聞《き》いて、待《ま》っていたようです。

ぼくは、すりきずのできた手首《てくび》をこすりながら、説明《せつめい》しました。

「――というわけで、ぼくとルノー夫人《ふじん》は、やつにおそわれました。お金《かね》や宝石《ほうせき》をぬすまれたのです。あれはまちがいなく、ルパンでしたよ！」

「ええ、ぜったいに、アルセーヌ・ルパンですわ。おそろしい顔《かお》をしていましたもの！」

と、ルノー夫人《ふじん》も強《つよ》くうったえました。

警察署長《けいさつしょちょう》もやってきたので、ぼくは、かれにたのみました。

「このままでは、ルパンは遠《とお》くに行《い》ってしまいます。早《はや》く、あいつをとらえなくては！　くやしいので、ぼくも車《くるま》にでも乗《の》り、追《お》いかけようと思《おも》います。」

そう、あまり駅《えき》でうろうろしていると、ぼくが本物《ほんもの》のルパンであることが、かれらにばれるかもしれません。それに、あの男《おとこ》をつかまえるためにも、急《いそ》いで、この場《ば》をはなれる必要《ひつよう》がありました。

すると、署長《しょちょう》はいいました。

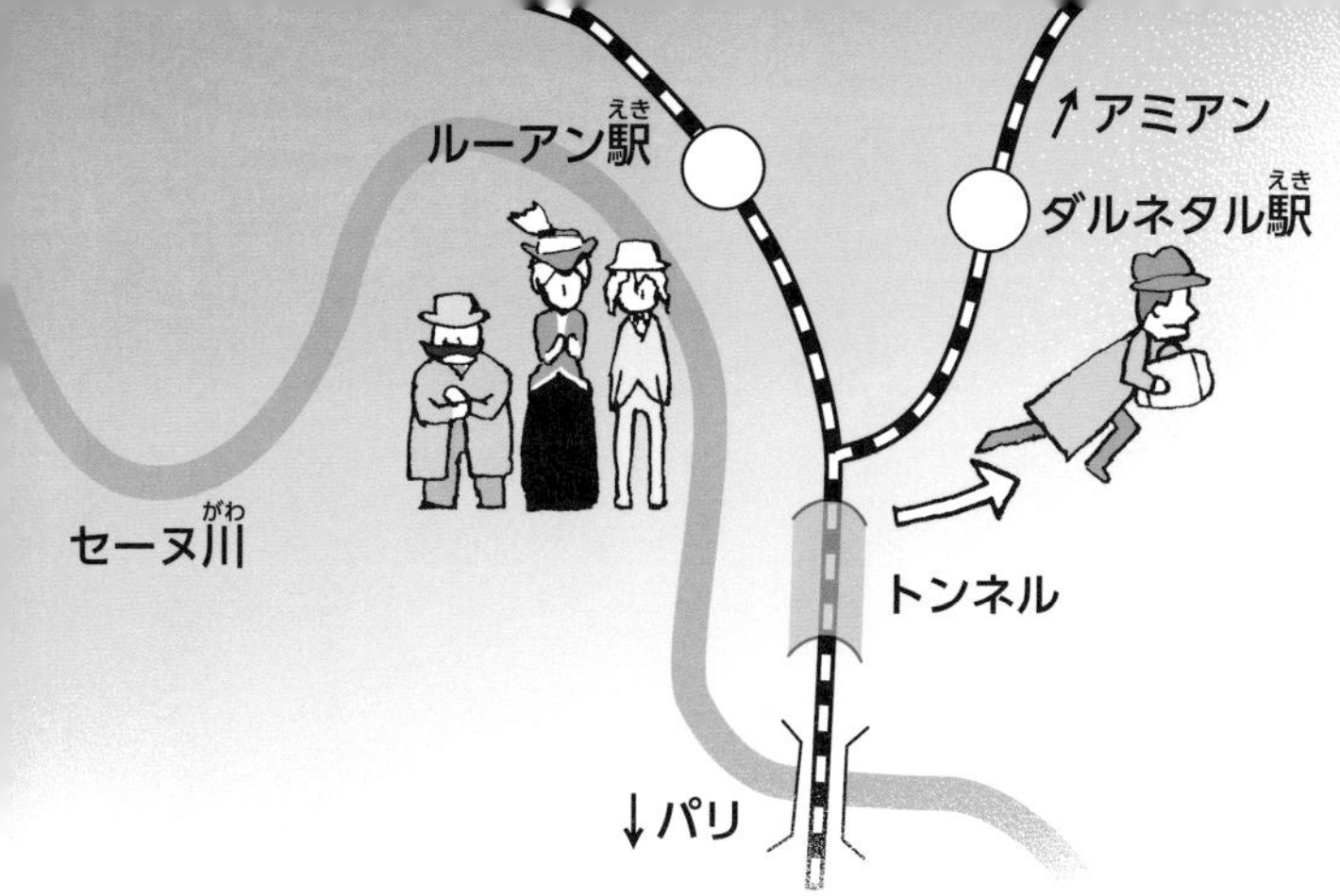

「だいじょうぶですよ、ベルラさん。ただちに、部下二人《ぶかふたり》を、ルパンがとびおりたトンネルに向《む》かわせますから。そして、とらえてやります。」

「今《いま》さら、トンネルに行《い》ってもむだです。それでは、ルパンはつかまりませんよ。」

と、ぼくは首《くび》をふりました。

「どうしてです？」

「あの強盗《ごうとう》が、あそこで、うろうろしているはずがないからです。やつはもう、となりの、ダルネタル駅《えき》近《ちか》くへ行《い》っているでしょう。

たぶん、午前《ごぜん》十時《じ》五十分《ぷん》にダルネタル駅《えき》を出発《しゅっぱつ》する、アミアン行《い》きの列車《れっしゃ》に乗《の》るはずです。」

ぼくは、駅《えき》にあるかけ時計《どけい》を指《ゆび》さしました。

今《いま》は、午前《ごぜん》十時《じ》二十二分《ふん》です。

署長《しょちょう》はおどろき、ぼくの顔《かお》を見《み》ました。

「どうして、そうわかるのですか。」

「なあに、かんたんな推理《すいり》ですよ。かれは、時刻表《じこくひょう》を細《こま》かく調《しら》べていました。それをおいていったので、気《き》になって、ぼくも見《み》てみたのです。そうしたら、あのトンネルにもっとも

近《ちか》いダルネタル駅《えき》で、つごうよくいちばん早《はや》く乗《の》れるアミアン行《い》き列《れっ》車《しゃ》がありました。早《はや》くにげようと思《おも》ったら、それに乗《の》るに決《き》まっています。」

「なるほど。たしかに、そうですな。」

署長《しょちょう》も時刻表《じこくひょう》をよく見《み》て、なっとくしたようです。

それから、かれは、ぼくの顔《かお》をちらりと見《み》ました。

ビュシー駅《えき》
→アミアン
ルーアン駅《えき》
ダルネタル駅《えき》
セーヌ川《がわ》
トンネル

ぼくが、切《き》れ味《あじ》するどい推理《すいり》をひろうしたので、こいつは何者《なにもの》だろうかと、うたがいはじめたのでしょう。

それをごまかす意味《いみ》もあって、ぼくはもう一度《ど》、かけ時計《どけい》を指《ゆび》さしました。

「署長《しょちょう》。なにしろ、時間《じかん》がありません。あなたの部下《ぶか》を二人《ふたり》、ぼくにかしてください。

この駅《えき》の外《そと》には、友人《ゆうじん》が手配《てはい》した、ぼくの車《くるま》が止《と》まっているはずです。すごくスピードの出《で》る車《くるま》です。それを使《つか》って、あなたの部下《ぶか》といっしょに、ルパンをつかまえてやりますよ！」

すぐさま、署長《しょちょう》は手《て》をふりました。

「いいや、そんなことはまかせられない。そういうことは、警察《けいさつ》の仕事《しごと》

ですから。」

すると、横《よこ》からルノー夫人《ふじん》が、おうえんしてくれました。

「署長《しょちょう》。ベルラさんを行《い》かせてあげてください。あのルパンの顔《かお》を見《み》たのは、わたくしと、この方《かた》だけです。この方《かた》なら、ルパンを見分《みわ》けられます。そうすれば、あなたの部下《ぶか》たちが、あの男《おとこ》をつかまえられますもの。」

署長《しょちょう》は、うで組《ぐ》みし、ちょっと考《かんが》えました。

「――いいでしょう。ベルラさん。刑事《けいじ》を二人《ふたり》、おかししましょう。しかし、無茶《むちゃ》はしないでくださいよ。」

「ええ、しません。ぼくに、まかせてください。」

ぼくは、うなずきました。

そして、ルノー夫人《ふじん》にお礼《れい》をこめておじぎをし、ぼくは足早《あしばや》に、駅《えき》を出《で》ました。

刑事二人《けいじふたり》が、署長《しょちょう》にいわれて、ぼくを追《お》いかけてきました。一人《ひとり》は背《せ》が高《たか》く、一人《ひとり》は少《すこ》し太《ふと》っています。

ぼくは、かれらといっしょに、外《そと》のロータリーに止《と》めてあった、ピカピカの新車《しんしゃ》に乗《の》りこみました。パリを出《で》るときに、用意《ようい》しておくようにと部下《ぶか》に命《めい》じておいた車《くるま》です。ほんとうは、この新車《しんしゃ》で、ルーアンを楽《たの》しくドライブする予定《よてい》でしたが――。

ぼくはハンドルをにぎり、車《くるま》を発進《はっしん》させました。急《いそ》いでダルネタル駅《えき》に行《い》かないと、あの男《おとこ》は列車《れっしゃ》に乗《の》ってしまいます。ぼくは、ぐんぐんスピードを上《あ》げました。

＊ノルマンディーの古《ふる》い町《まち》をかけぬけながら、心《こころ》の中《なか》で、ぼくはこのあとの計画《けいかく》を練《ね》っていました。

フフフ…それにしても、なんともおもしろくて、なんともへんなことになったものです。本物《ほんもの》のルパンが、刑事《けいじ》といっしょに、にせ者《もの》のルパンをさがしに行《い》くだなんて！

＊ノルマンディー…フランス北西部《ほくせいぶ》の地方《ちほう》で、中心都市《ちゅうしんとし》はルーアン。

6 にげる強盗《ごうとう》

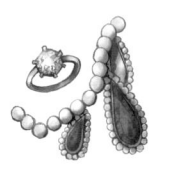

しかし、ぼくらがダルネタル駅《えき》に着《つ》いたとき、列車《れっしゃ》は三分《ぷん》前《まえ》に発車《はっしゃ》していました。

（しまった！　おそかったか！）

ぼくは、くちびるをかみました。

いっしょに車《くるま》に乗《の》った背《せ》の高《たか》い刑事《けいじ》が、改札口《かいさつぐち》にいた駅員《えきいん》にきいてきました。

「――あいつは、アミアン駅《えき》までの切《きっ》ぷを買《か》い、二等《とう》車《しゃ》に乗《の》ったそうですよ、ベルラさん。」

あの男《おとこ》と思《おも》われる人物《じんぶつ》が、やはり、その列車《れっしゃ》に乗《の》ったようです。

「やつの乗《の》った列車《れっしゃ》は、次《つぎ》、どこの駅《えき》に、何時《なんじ》に止《と》まりますか。」

ぼくは、横《よこ》で時刻表《じこくひょう》を見《み》ている、太《ふと》った刑事《けいじ》にききました。

「十九分後《ふんご》に、次《つぎ》のビュシー駅《えき》にとうちゃくします。」

「では、急《いそ》いで車《くるま》で追《お》いかけましょう。」

力強《ちからづよ》くいうぼくに、刑事《けいじ》たちはうなずいてくれました。

ぼくたちは、すぐに車《くるま》にかけもどり、乗《の》りこみました。

「刑事《けいじ》さん。ぜったいに、ビュシー駅《えき》でやつをつかまえましょう。終点《しゅうてん》のアミアン駅《えき》まで行《い》かれてしまうと、やつの乗《の》りかえられる列車《れっしゃ》が、いろいろありますからね。」

いいながら、思《おも》いきりアクセル*をふみます。


*アクセル…自動車《じどうしゃ》の、スピードを出《だ》すときにふむ装置《そうち》。

アミアン
ビュシー駅《えき》
ダルネタル駅《えき》
ルーアン駅《えき》

「ですが、ここからビュシー駅《えき》まで、二十三キロメートルもありますよ。」

標識《ひょうしき》を見《み》て、太《ふと》った刑事《けいじ》が、あきらめたようにいいました。

「だいじょうぶ。列車《れっしゃ》は二十三キロを十九分《ふん》で走《はし》るんですよね。このスピードなら、ぼくらのほうが先《さき》に着《つ》くでしょう。」

ぼくはいいきると、刑事《けいじ》たちに道案内《みちあんない》をたのみ、車《くるま》をどんどん走《はし》らせました。何台《なんだい》も何台《なんだい》も、車《くるま》や馬車《ばしゃ》を追《お》いぬいていきます。

車《くるま》があまりに速《はや》く走《はし》るので、刑事《けいじ》たちは、おそろしくて、青《あお》い顔《かお》をしています。

(刑事《けいじ》さんたち、だいじょうぶです。スポーツ万能《ばんのう》の、このルパンですから！)

「——そ、そこを右《みぎ》です。」

と、ひやあせをかいている背《せ》の高《たか》い刑事《けいじ》が、道《みち》を曲《ま》がるように教《おし》えてくれました。

ぼくは急《きゅう》ハンドルを切《き》りました。

キキキッー！

タイヤが鳴《な》り、すなぼこりが車《くるま》の後《うし》ろにまきあがりました。

そこから先《さき》のビュシー駅《えき》につづく道《みち》は、鉄道《てつどう》の線路《せんろ》とならんで、ほぼまっすぐのびています。

「あ、列車《れっしゃ》だ！」

太《ふと》った刑事《けいじ》がさけび、前《まえ》を指《ゆび》さしました。

少《すこ》し先《さき》を、急行列車《きゅうこうれっしゃ》が、いきおいよく走《はし》っています。

ぼくは、車《くるま》のスピードをもっと上《あ》げました。

そこから、ビュシー駅《えき》までの一キロは、車《くるま》と列車《れっしゃ》の競争《きょうそう》になりました。

どちらも負《ま》けじと、風《かぜ》を切《き》って走《はし》ります。

ついに、車《くるま》が列車《れっしゃ》とならびます——。

「ほら、間《ま》に合《あ》いました！」

ぼくたちのほうが、ほんの少《すこ》しだけ先《さき》に、ビュシー駅《えき》に着《つ》きました。

ぼくはきげんよく、刑事二人《けいじふたり》といっしょに車《くるま》からとびでました。そして、改札《かいさつ》を走《はし》りぬけ、ホームにかけつけたのです。

「手分《てわ》けして、ルパンをさがしましょう！」

ぼくは刑事《けいじ》たちにいい、列車《れっしゃ》の前《まえ》、真《ま》ん中《なか》、後《うし》ろと分《わ》かれました。刑《けい》事《じ》たちは、さらに駅員《えきいん》にも助《たす》けをもとめたようです。

何人《なんにん》もの乗客《じょうきゃく》が、列車《れっしゃ》からおりていきます。ですが、あの男《おとこ》のすがたが見《み》えません。ぼくは列車《れっしゃ》に入《はい》ってみましたが、そこにもいません。

ぼくたちは、ホームで集《あつ》まりました。列車《れっしゃ》の車《しゃ》しょうも来《き》ています。

「くそう、あの男《おとこ》――ルパン――は、ぼくの車《くるま》を見《み》て、きけんを感《かん》じて、とちゅうで列車《れっしゃ》をとびおりたにちがいありません。

　車《しゃ》しょうさん、灰色《はいいろ》のコートを着《き》て、ボストンバッグを持《も》った男《おとこ》を見《み》ませんでしたか。」

　ぼくの質問《しつもん》に、車《しゃ》しょうは、深《ふか》くうなずきました。

「ええ、この駅《えき》の二十メートルほど手前《てまえ》で、道路《どうろ》とは反対側《はんたいがわ》の丘《おか》に向《む》かって、列車《れっしゃ》からとびおりた男《おとこ》がいました。あんなあぶないことをするなんて、とてもあやしい男《おとこ》ですよ。」

　ぼくは、二人《ふたり》の刑事《けいじ》に声《こえ》をかけました。

「よし、そっちへ、行《い》ってみましょう！」

　ぼくたち三人《にん》は駅《えき》を出《で》て、丘《おか》を目指《めざ》しました。線路《せんろ》の西側《にしがわ》には、緑《みどり》の草《くさ》でおおわれた、きれいな丘《おか》がつづいていました。

「――あ、あいつだ！　あの強盗《ごうとう》だ！」

ぼくは、さけびました。

丘《おか》の上《うえ》に着《つ》いたとき、近《ちか》くの森《もり》へ入《はい》ろうとしている、男《おとこ》のすがたが見《み》えたのです。

そのとき、強盗《ごうとう》が、ぼくらの気配《けはい》を感《かん》じたように、こちらをふりむきました。あわてて森《もり》にかけこんでいきます。

森《もり》は、それほど大《おお》きくありません。細《ほそ》い道《みち》が三本《ぼん》あって、一《ひと》つは森《もり》の中《なか》へ、一《ひと》つは森《もり》の左側《ひだりがわ》へ、もう一《ひと》つは森《もり》の右側《みぎがわ》へつづいています。森《もり》の向《む》こうにはもう一《ひと》つの丘《おか》があり、その上《うえ》に、古《ふる》くて、くずれかけた教会《きょうかい》が立《た》っていました。どの道《みち》も、その教会《きょうかい》の前《まえ》へ出《で》られるようでした。

「よし。三方《さんぽう》に分《わ》かれて、あいつを教会《きょうかい》で追《お》いつめましょう。いいです

ね、刑事《けいじ》さんたち！」
ぼくはそう提案《ていあん》すると、まっすぐ森《もり》の中《なか》に入《はい》りました。

背《せ》の高《たか》い刑事《けいじ》は左《ひだり》の小道《こみち》を、太《ふと》った刑事《けいじ》は右《みぎ》の小道《こみち》を走《はし》っていきました。この二人《ふたり》は、ほんとうによく協力《きょうりょく》してくれます。

もちろん、真《ま》ん中《なか》の近道《ちかみち》をえらんだぼくが、一番《いちばん》に教会《きょうかい》に着《つ》き、あの男《おとこ》に追《お》いつきました。なかなか体力《たいりょく》のありそうな強盗《ごうとう》でしたが、走《はし》りつづけて、もうへとへとになっていました。

もちろん、ぼくはしっかり体《からだ》をきたえています。このくらいのマラソンでは、ぜんぜんつかれません。

男《おとこ》はとびらのこわれた入《い》り口《ぐち》から、教会《きょうかい》の中《なか》ににげこみました。

「待《ま》てっ！」

ぼくは、後《うし》ろから、かれにとびかかりました。

「なんだ!?」

強盗《ごうとう》はいいかえして体《からだ》をひねり、ぼくになぐりかかってきました。今度《こんど》は、列車《れっしゃ》の中《なか》のように、ぼくも油断《ゆだん》していません。相手《あいて》のパンチをひらりとかわしました。

「このやろう！」

男《おとこ》は、もうじゅうのような声《こえ》を発《はっ》し、ポケットからピストルを取《と》りだしました。

「むだだっ！」

ぼくはかれがのばしたうでをつかみ、その首《くび》すじに、一《いち》げきを食《く》らわせました。

ぼくは、子《こ》どものころから、ボクシングの名人《めいじん》でした。それに、東洋《とうよう》*にある日本という国《くに》の武道《ぶどう》——空手《からて》——も習《なら》っていたのです。

*東洋《とうよう》…日本、中国《ちゅうごく》、インドなど、アジアの国々《くにぐに》をまとめたよび方《かた》。

「うっ！」

と、うめいて、男《おとこ》はゆかにたおれました。

ぼくはかれにのしかかり、柔道《じゅうどう》のわざで動《うご》けなくしました。

「いいか、よく聞《き》け。ぼくはアルセーヌ・ルパンだ。この名《な》を、知《し》っているだろう。」

「えっ？……あ、ああ。」

男《おとこ》はくやしげな顔《かお》で、苦《くる》しそうにうなずきました。

ぼくはつめたい声《こえ》で、かれにいいました。

「おい、お前《まえ》。さっきは、列車《れっしゃ》でうまくやったもんだ。ぼくともあろう者《もの》が、すっかり油断《ゆだん》したよ。強盗《ごうとう》のうで前《まえ》や、にげ方《かた》は、お見事《みごと》だな。それはみとめよう。

だが、ここまでだ。ぼくと、あのご婦人《ふじん》からうばった物《もの》を返《かえ》してくれ。今《いま》すぐおとなしく返《かえ》せば、きみを部下《ぶか》とし、助《たす》けよう。警察《けいさつ》にわたさず、にがしてやる。急《いそ》いで考《かんが》えるんだ。『はい』か『いいえ』か、どちらにする?」

男《おとこ》はあきらめて、

「は、はい……。」

と、弱々《よわよわ》しい声《こえ》でつぶやきました。

「よし。じゃあ、これからはお前《まえ》はぼくの部下《ぶか》だ。ぼくが、お前《まえ》のめんどうをみてやる。ぼくのいうことをきくように。」

「はい。」

と、男《おとこ》は、あきらめたようにいいました。

「お前《まえ》の名前《なまえ》は？」

「……ピエール・オンフレー。」

その名前《なまえ》を、ぼくはもちろん知《し》っています！

こいつは、あちこちで強盗《ごうとう》をはたらき、人《ひと》まで殺《ころ》している、悪《わる》いやつです。

つい何日《なんにち》か前《まえ》も、アパートにしのびこんで住人《じゅうにん》を殺《ころ》し、金《かね》をうばったと新聞《しんぶん》に出《で》ていた、その犯人《はんにん》です。

ぼくは外《そと》の物音《ものおと》を聞《き》きつけました。刑事《けいじ》たちがやってきたのでしょう。

「じゃあ、ピエール。さっさとうら口《ぐち》からにげろ。三日後《みっかご》の朝《あさ》に、パリのタンプル通《どお》りの角《かど》へ来《く》るんだ。そこで待《ま》ち合《あ》わせだぞ。刑事《けいじ》につかまるなよ。」

ぼくは男《おとこ》を立《た》たせ、背中《せなか》をどんとおしてやりました。
男《おとこ》がにげていくのを見《み》ながら、ぼくは、ゆかに落《お》ちているボストンバッグを拾《ひろ》うと、それを、すぐさまかべのわれ目《め》にかくしました。

「――やつはどこですか!?」

バタバタと、刑事《けいじ》たちが、教会《きょうかい》へかけこんできました。

ぼくはひざをつき、肩《かた》をおさえながら、おくのほうを指《ゆび》さしました。

「刑事《けいじ》さん、やつはあっちです！　ぼくをなぐってから、うらへにげました。早《はや》く追《お》いかけて！」

「わかりました。ベルラさん、あなたはここにいてください！」

刑事《けいじ》たちは大声《おおごえ》を上《あ》げ、大急《おおいそ》ぎで、強盗《ごうとう》のあとを追《お》いかけていきました。

（よし。うまくいったぞ！　ピエールは刑事《けいじ》たちにまかせて、こっちはさっさとにげるとしよう！）

刑事《けいじ》たちの足音《あしおと》が消《き》えていきます。

でも、まだやることがあります。ボストンバッグを取《と》りだすと、中《なか》を調《しら》べました。ぼくのお金《かね》や書類入《しょるいい》れ、ルノー夫人《ふじん》のさいふやダイヤの指輪《ゆびわ》など、やつがぬすんだ物《もの》がすべて入《はい》っていました。

ぼくは手帳《てちょう》を一ページやぶり、ペンで、次《つぎ》のような文句《もんく》を書《か》きました。

親愛《しんあい》なる刑事《けいじ》さん、お二人《ふたり》に。

いっしょに強盗《ごうとう》を追《お》いかけたお礼《れい》として、百フラン*ずつさしあげます。ルノー夫人《ふじん》の持《も》ち物《もの》は、かのじょにわたしてください。

アルセーヌ・ルパンより

ぼくはそのメモを、長《なが》いすの上《うえ》におきました。さらに、百フラン札《さつ》二まいと、ルノー夫人《ふじん》のさいふや、ダイヤの指輪《ゆびわ》などものせました。

そして、刑事《けいじ》たちがもどってくる前《まえ》に、急《いそ》いで、その場《ば》を立《た》ちさったのです――。

＊フラン…フランスで以前《いぜん》使《つか》われていたお金《かね》の単位《たんい》。百フランは今《いま》のお金《かね》で、およそ十万円《まんえん》。

7 ルパンとルブラン

「――というわけなんだよ、ルブラン。」
ソファーにこしかけたぼくは、コーヒーを飲《の》みながら、信《しん》らいしている友人《ゆうじん》である作家《さっか》、モーリス・ルブランにいいました。
夕食《ゆうしょく》を食《た》べたあと、刑務所《けいむしょ》を脱獄《だつごく》してからのことを、ぼくはルブランに話《はな》したのです。ルブランは、これまでも、ぼくの冒険《ぼうけん》について聞《き》くと、それを小説《しょうせつ》にして、雑誌《ざっし》に発表《はっぴょう》したり、本《ほん》にしたりしてくれていました。
「すると、今回《こんかい》、きみが使《つか》った仮名《かめい》は、ギョーム・ベルラなんだね、ルパン。」

ルブランは、ぼくの顔《かお》を見《み》つめ、そう質問《しつもん》しました。

もちろん、今日《きょう》もまた、ぼくの顔《かお》はちがっています。ぼくはいつも変《へん》装《そう》しているので、ぼく自身《じしん》も、どれがほんとうの顔《かお》か、わからないくらいなのです。だから、ルブランにも見分《みわ》けがつかないでしょう。

「そう、ベルラだ。ちゃんとした実業家《＊じつぎょうか》さ。」

ぼくは、深《ふか》くうなずきました。

「きみは脱獄《だつごく》したあと、トルコへ行《い》ったと思《おも》っていたよ。」

「あれは、警察《けいさつ》をだますために、ぼくがわざと流《なが》したうわささ。

だって、ぼくは、このフランスで、いろいろとやらなくてはならない仕事《しごと》がある。ぼくにぬすまれたがっている宝物《たからもの》や美術品《びじゅつひん》が、ざくざくあるんだからね。」

「ピエール・オンフレーは、どうなったんだい？」

「ああ、明日《あす》の新聞《しんぶん》にはのると思《おも》うけど、オンフレーは、けさ、パリのタンプル通《どお》りで警察《けいさつ》につかまったよ。

ぼくが、警察《けいさつ》に知《し》らせたんでね。のこのこあらわれたところを、たいほされたんだ。」

「じゃあ、ルパン。きみは、やつをだましたんだな。仲間《なかま》にするといっておきながら。」

と、ルブランはあきれて、ぼくの顔《かお》を見《み》ました。

「まあ、そうだ。だって、人《ひと》を殺《ころ》すような悪人《あくにん》は、一生《いっしょう》、刑務所《けいむしょ》にとじこめておいたほうが、世《よ》の中《なか》のためだからね。」

「そういえば、きみはルノー夫人《ふじん》に、ぬすまれた物《もの》をもどしてやったね。

＊実業家《じつぎょうか》…会社《かいしゃ》、工場《こうじょう》、銀行《ぎんこう》などを動《うご》かして、大《おお》きな事業《じぎょう》をやっている人《ひと》。

あいかわらず、しゃれたことをするじゃないか。」

「かのじょは、ぼくのさるぐつわをほどいてくれたし、警察官《けいさつかん》が来《き》たときに、ぼくの味方《みかた》をしてくれたんだ。だから、ちゃんとお礼《れい》をしようと思《おも》ったわけなのさ――。」

そういって、ぼくはにっこりわらい、コーヒー・カップを口《くち》に運《はこ》んだのです。

（「あやしい旅行者《りょこうしゃ》」おわり）

＊ルパンの脱獄《だつごく》のお話《はなし》については、「10歳《さい》までに読《よ》みたい世界名作《せかいめいさく》12巻《かん》　怪盗《かいとう》アルセーヌ・ルパン」で読《よ》めます。

エピソード
02

赤《あか》いスカーフのひみつ

1 あやしい男《おとこ》

「——おや、あいつ、何《なに》をしているんだ？」

その朝《あさ》、家《いえ》を出《で》て、パリ警視庁《けいしちょう》に出《で》かけるとちゅうのガニマール警部《けいぶ》は、ベルゴレーズ通《どお》りで、へんなことをしている男《おとこ》を見《み》かけました。

男《おとこ》の身《み》なりも、みょうでした。すりきれた服《ふく》を着《き》ていて、はだ寒《ざむ》い十一月《がつ》だというのに、麦《むぎ》わら帽子《ぼうし》をかぶっています。くつも、どろだらけでした。

その男《おとこ》は、五十歩《ぽ》ほど進《すす》むごとにしゃがみこみ、くつのひもをむすびなおすのです。また、ポケットからオレンジの皮《かわ》を小《ちい》さくちぎったものを取《と》りだして、こっそり、歩道《ほどう》のふちにおいていくのです。

（いたずらだろうか。それとも、悪《わる》い、たくらみでもあるのか――。）

男《おとこ》のようすを見《み》ながら、ガニマール警部《けいぶ》はそう考《かんが》えました。そして、ゆっくりと、あとをつけはじめました。

かれは、フランスでいちばんすぐれている、ベテランの刑事《けいじ》です。これまで、たくさんの犯罪者《はんざいしゃ》をたいほしてきました。ですから、何《なに》かへんなことや、事件《じけん》にからんでいることがあると、ピンとくるのです。

「あの男《おとこ》は、ぜったいにあやしいぞ……。」

と、ガニマール警部《けいぶ》はつぶやきました。

男《おとこ》は同《おな》じことをしながら、次《つぎ》の大通《おおどお》りを右《みぎ》に曲《ま》がりました。

通《とお》りの反対側《はんたいがわ》に、十二歳《さい》くらいの少年《しょうねん》がいました。その子《こ》も、ひどくみすぼらしい格好《かっこう》です。

男《おとこ》と少年《しょうねん》は、目《め》で合図《あいず》をかわし、通《とお》りの両側《りょうがわ》を歩《ある》いていきます。

少《すこ》しして、男《おとこ》はまた、かがみこみ、ズボンのすそをさわりました。そして、オレンジの小《ちい》さい皮《かわ》を、歩道《ほどう》のはしにおきました。

それに合《あ》わせて、少年《しょうねん》が立《た》ちどまり、横《よこ》にある家《いえ》のかべに、チョークで小《ちい》さく十字《じゅうじ》を書《か》いて、それを丸《まる》でかこったのです。

ガニマール警部《けいぶ》は、まゆをピクリと動《うご》かしました。

（ますますきみょうだ。二人《ふたり》は、仲間《なかま》にちがいない。チョークで書《か》いたしるしは、何《なに》かの暗号《あんごう》だろうな。）

あやしい男《おとこ》と、あやしい少年《しょうねん》は、歩《ある》きながら、このふしぎな行動《こうどう》を何度《なんど》もくりかえしました。

（犯罪《はんざい》のにおいが、ぷんぷんするぞ……。）

通《とお》りを二《ふた》つ横切《よこぎ》り、シュレーヌ通《どお》りまで来《く》ると、男《おとこ》が立《た》ちどまり、これまでよりもたくさん、オレンジの皮《かわ》を足元《あしもと》にすてました。

少年《しょうねん》は、歩道《ほどう》の上《うえ》に、あのしるしを二《ふた》つ書《か》きました。

それから、男《おとこ》と少年《しょうねん》は、横《よこ》にある古《ふる》い建物《たてもの》に入《はい》りました。五階建《かいだ》てで、四階《かい》をのぞいて、すべてのまどのカーテンが、しまっています。

(やはり、悪《わる》だくみがあるんだな。よし、中《なか》を見《み》てみようか。)

ガニマール警部《けいぶ》も、しのび足《あし》で建物《たてもの》に入《はい》りました。左手《ひだりて》に階段《かいだん》がありました。かれは、足音《あしおと》を立《た》てないように、しずかに上《のぼ》りはじめました。

そのとき、上《うえ》から、ドタンバタンというはげしい物音《ものおと》が聞《き》こえてきたのです。まるで、だれかとだれかが、けんかでもしているかのようでした!

「な、なんだ!?　事件《じけん》か!!」

びっくりしたガニマール警部《けいぶ》は、むちゅうで、階段《かいだん》をかけあがりました。四階《かい》まで来《く》ると、部屋《へや》のドアが開《あ》いていました。かれは中《なか》を見《み》て、

「あっ!」

と、息《いき》をのみました。

部屋《へや》の中《なか》で、あの男《おとこ》と少年《しょうねん》がさわいでいました。とびはねながら、わざとドスン、ドスンという音《おと》を立《た》てていたのです。また、いすをつかみ、その足《あし》をゆかに打《う》ちつけていました。だから、あんなにうるさい音《おと》がしていたのです!

(ど、どういうことなんだ……?)

ガニマール警部《けいぶ》があぜんとしていると、となりの部屋《へや》から、三人目《にんめ》の

人物《じんぶつ》があらわれました。

三十歳《さい》くらいの、背《せ》の高《たか》い紳士《しんし》で、短《みじか》いほおひげを生《は》やしています。着《き》ているのは、うら側《がわ》が毛皮《けがわ》になった、高級《こうきゅう》なコートでした。見《み》たところ、ロシア人《じん》の貴族《きぞく》のようです。

「こんにちは、警部《けいぶ》さん。」

と、かれは*愛想《あいそ》よくいい、男《おとこ》と少年《しょうねん》に近《ちか》づき、声《こえ》をかけました。

「もういいよ、きみたち。用事《ようじ》はすんだ。ガニマール警部《けいぶ》さんが来《き》てくれたからね。よくやってくれた。ほら、これがお礼《れい》だ。」

そういって、ロシア人《じん》は二人《ふたり》にそれぞれ、百フランのお札《さつ》をあたえました。

「へえ、ありがとうございます、だんな。それじゃ、失礼《しつれい》いたしやす。」

男《おとこ》と少年《しょうねん》はペコペコして礼《れい》をいい、さっさと階段《かいだん》を、下《お》りていってしまいました。

*愛想《あいそ》…人《ひと》にあたえるよい感《かん》じの言葉《ことば》づかい、表情《ひょうじょう》、態度《たいど》など。

2 ロシア人《じん》の正体《しょうたい》

「――どうしたんですか、警部《けいぶ》さん。へんな顔《かお》をして。」

ロシア人《じん》の紳士《しんし》は、おかしそうにいい、わらいました。

「だ、だれだ、あんたは。」

はっとしたガニマール警部《けいぶ》は、引《ひ》きつった顔《かお》でいいました。

「フフフ、あなたとぼくは、友人《ゆうじん》じゃないですか。」

と、紳士《しんし》は気《き》さくにいい、あく手《しゅ》をもとめて、右手《みぎて》を前《まえ》に出《だ》しました。

しかし、ガニマール警部《けいぶ》は首《くび》をふり、うわずった声《こえ》でいいました。

「いいや、わしは、あんたなんか見《み》たことがない。知《し》らないぞ！」

紳士《しんし》は、がっかりしたようです。

「うそでしょう、警部《けいぶ》さん。ぼくがわからないなんて！　まあ、いいです。それよりも、ぼくは、あなたに急《いそ》ぎの用事《ようじ》があって、こうして来《き》てもらいました。手紙《てがみ》や電話《でんわ》でよんだら、あなたは用心《ようじん》して、部下《ぶか》の警官《けいかん》たちをたくさんつれてきたでしょう。そうすると、ぼくも相手《あいて》にするのがたいへんですからね。あの二人《ふたり》に演技《えんぎ》をしてもらってあなただけをよんだのです。」

「演技《えんぎ》？」

「ハハハ、かんたんなトリック*1ですよ。オレンジの皮《かわ》をすてたり、家《いえ》のかべにチョークでしるしを書《か》いたりすれば、ベテラン刑事《けいじ》のあなたは、きっとあやしむでしょう。犯罪《はんざい》のにおいをかぎつけ、真相《しんそう》*2をあばこうと、

＊1トリック…人《ひと》をだます方法《ほうほう》。たくらみ。　＊2真相《しんそう》…物事《ものごと》のほんとうのすがた、ようす。

かれらのあとをつけて、かならず、やってくる。そう、ぼくは予想《よそう》したわけで、そのとおりになりました。」

紳士《しんし》は楽《たの》しげに、すらすらと説明《せつめい》しました。

「ふ、ふざけるな！　おまえは、いったいだれなんだ!?」

と、警部《けいぶ》は大声《おおごえ》でわめきました。

「まあ、この変装《へんそう》はかんぺきですからね。わからなくても当然《とうぜん》ですかね。」

「――ま、まさか！」

「そのまさかです。ルパンです、アルセーヌ・ルパンですよ。」

そういって、ロシア人《じん》の紳士《しんし》は軽《かる》くほほえみ、しばいがかったおじぎをしたのです。

「うそだ……うそだ……。」

そうくりかえしながら、ガニマール警部《けいぶ》は一歩《ぽ》近《ちか》づき、まじまじと紳《しん》士《し》の顔《かお》を見《み》つめました。

「ほんとうですよ。ぼくは、あなたが追《お》いかけているルパンです。」

「ありえない。わしの知《し》っているルパンとは、顔《かお》も体《からだ》つきも、ぜんぜんちがうじゃないか。年《ねん》れいも髪《かみ》の色《いろ》も、声《こえ》の感《かん》じもちがっているぞ！」

「ぼくの変装《へんそう》が、*1神《かみ》がかりてきということは、あなたも知《し》っているでしょう。今回《こんかい》は、ちょっと、ロシア人《じん》の貴族《きぞく》になってみました。」

紳士《しんし》は*事《こと》もなげにいい、ポンと気軽《きがる》に、ガニマール警部《けいぶ》の肩《かた》をたたきました。

「この野郎《やろう》！」

と、警部《けいぶ》はどなり、ルパンにつかみかかりました。

しかし、ルパンはひらりとそれをかわし、

「あなたは、ありがたく思《おも》わないのですか。ぼくが、ラ・サンテ刑務所《けいむしょ》を脱獄《だつごく》してから、ずっとさがしていたんでしょう。大《おお》よろこびで、ぼくにだきつくと思《おも》ったんですがね。」

と、からかうようにいいました。

「じゃあ、さっさと話《はな》せ。わしに、なんの用《よう》があるんだ！」

ルパンは、いすの一《ひと》つにすわり、警部《けいぶ》にもうながしました。

「さあ、あなたもおすわりください。話《はなし》をするのに、この部屋《へや》はもってこいなんですよ。だれのじゃまも入《はい》らないですからね。」

ガニマール警部《けいぶ》はしぶい顔《かお》で、したがいました。

ルパンは、じまんげに話《はなし》をつづけました。

「ぼくのかくれ家《が》はフランスじゅうにあって、ここはその一《ひと》つです。なるべく人目《ひとめ》につきたくないときに、使《つか》うことにしてましてね。」

「だから、なんだっていうんだ。」

＊1神《かみ》がかり…ここでは、神《かみ》が人《ひと》の体《からだ》に乗《の》りうつったように、いうことや、やることが、ふつうとは思《おも》えないほどであること。＊2事《こと》もなげ…まるで何事《なにごと》もなかったようなようす。

ガニマール警部《けいぶ》は、*宿敵《しゅくてき》の話《はなし》をさえぎりました。

「では、さっそく説明《せつめい》しますね。けさがたのことです。というより、夜《よる》のとてもおそい時間《じかん》、午前《ごぜん》一時《じ》ごろのことです。ある船《ふね》が、セーヌ川《がわ》にあるポン・ヌフ橋《ばし》の下《した》をくぐりぬけました。すると、船《ふね》の前《まえ》のほうに、何《なに》かがバサリと落《お》ちてきたのです。

明《あき》らかに、橋《はし》の上《うえ》から、だれかが、セーヌ川《がわ》へすてようとして、投《な》げた物《もの》でしょう。それが、ぐうぜん、船《ふね》の上《うえ》に落《お》ちてしまったわけです。

それは、何《なに》かを新聞紙《しんぶんし》でくるみ、かわのひもでしばった物《もの》でした。

＊宿敵《しゅくてき》…前《まえ》からの敵《てき》。

船頭《せんどう》は、中《なか》を見《み》てみました。すると、みょうな物《もの》がいくつか出《で》てきたんです。

その船頭《せんどう》は、ぼくの知《し》り合《あ》いでしてね。知《し》らせてきたので、ぼくが、それらを買《か》いとったわけです。」

「中身《なかみ》は、なんだったんだ？」

「とってもいい物《もの》ですよ。」

ルパンはにやにやしながら、わきにおいてあったカバンから、やぶれた新聞紙《しんぶんし》のつつみを取《と》りだしました。そして、中身《なかみ》を出《だ》すと丸《まる》テーブルの上《うえ》に、それらをならべたのです。

数《すう》まいの新聞紙《しんぶんし》のほか、ガラスのインクつぼ、かわのひも、ガラスのかけら、おりたたまれた白《しろ》い紙箱《かみばこ》、はさみ、真《ま》っ赤《か》な絹《きぬ》スカーフの切《き》れはしがありました。

インクつぼのふたには、赤《あか》い絹糸《きぬいと》がむすばれています。スカーフのはしには、同《おな》じ絹糸《きぬいと》であんだ、丸《まる》いふさがついています。

「これらが、事件《じけん》の証拠《しょうこ》*です。警部《けいぶ》さん、どう思《おも》いますか。」

と、ルパンはいい、相手《あいて》の顔《かお》を、あおるように見《み》ました。

「事件《じけん》？　証拠《しょうこ》だって？」

話《はなし》がよくわからず、ガニマール警部《けいぶ》は頭《あたま》がくらくらしました。

「いろいろな物《もの》があって、じつにおもしろいでしょう。一《ひと》つ一《ひと》つの物《もの》が、どこかで起《お》きたらしい事件《じけん》について、手《て》がかりをあたえてくれます。頭《あたま》のよい人間《にんげん》が、きちんと推理《すいり》すれば、これらの物《もの》から、ひみつをあばけるんです。あなたは、経験《けいけん》たっぷりなベテラン刑事《けいじ》。あやしい

*証拠《しょうこ》…事実《じじつ》である事《こと》を明《あき》らかにするための資料《しりょう》。

証拠《しょうこ》を元《もと》に真相《しんそう》をつかむのは、*1お手《て》の物《もの》ですよね。」
しかし、ガニマール警部《けいぶ》は、だまっていました。

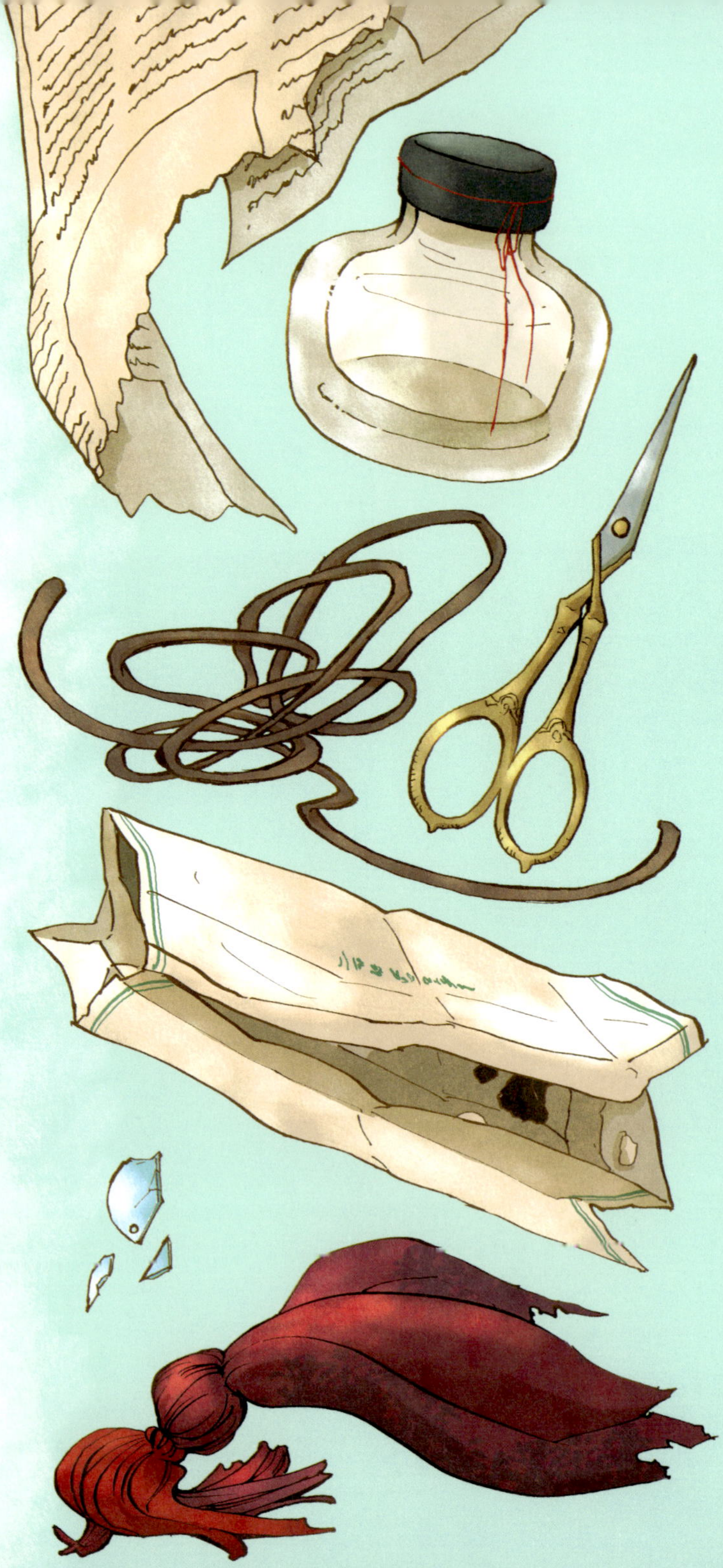

（事件《じけん》だと？　ルパンのいうことなんか、ぜったいに信《しん》じるものか！）

と、思《おも》っていたのです。

ルパンは、そんな相手《あいて》のことを、気《き》にもとめません。

「警部《けいぶ》さん。今日《きょう》のあなたは無口《むくち》なんですね。じゃあ、ぼくが代《か》わりに、推理《すいり》をのべましょう。これらの証拠《しょうこ》が明《あき》らかに語《かた》っているのは、こんな事実《じじつ》ではないでしょうか――。

きのうの夜《よる》の九時《じ》すぎから十二時《じ》までの間《あいだ》に、*2はでな格好《かっこう》をしたわかい女性《じょせい》が、男《おとこ》に顔《かお》をなぐられ、首《くび》をしめられて殺《ころ》されました。

その男《おとこ》、つまり犯人《はんにん》は、*3モノクルをかけた、身《み》なりのりっぱな紳士《しんし》です。たぶん、競馬《けいば》に関係《かんけい》した仕事《しごと》をしているか、競馬《けいば》のレースに金《かね》をかけるのがすきなのでしょう。

＊1お手《て》の物《もの》…よくなれていて、得意《とくい》なこと。＊2はでな…はなやかで目立《めだ》つこと。
＊3モノクル…かたほうの目《め》にだけ使《つか》う、レンズが一《ひと》つのめがね。

事件《じけん》が起《お》きる前《まえ》に、この二人《ふたり》はコーヒーを飲《の》み、エクレアなどのケーキを食《た》べたばかりでした。」

そういうと、ルパンはにこりとわらい、おどろいているガニマール警《けい》部《ぶ》の顔《かお》をのぞきこみました。

「アハハハ。びっくりして、声《こえ》が出《で》ないのですね。でも、こんなのはごくかんたんな、推理《すいり》じゃないですか。」

「そ、そう思《おも》う理由《りゆう》は、なんなんだ?」

と、ガニマール警部《けいぶ》は、苦《くる》しげにききかえしました。

「理由《りゆう》ですか。子《こ》どもにだって、わかることなのに――。」

と、ルパンは、ざんねんそうにいいました。そして、新聞《しんぶん》をガニマール警部《けいぶ》にわたしました。

「こういうことですよ。まず、このやぶれた新聞《しんぶん》には、日付《ひづ》けと、『夕《ゆう》刊第三版《かんだいさんぱん》』と記《しる》されています。

つまり、今日《きょう》の夕刊《ゆうかん》でも、三回目《かいめ》にすられたものですが、それが新《しん》聞屋《ぶんや》に運《はこ》ばれてくるのは、夜九時《よるくじ》ごろと、決《き》まっています。

この新聞《しんぶん》は、家《いえ》に配達《はいたつ》されるものだから、犯人《はんにん》が手《て》に入《い》れたのは、九時《じ》すぎなのです。

そして、この新聞《しんぶん》にくるまれた証拠《しょうこ》の数々《かずかず》が、ポン・ヌフ橋《ばし》から投《な》げすてられたのは、真夜中《まよなか》の一時《じ》ごろでした。

つまり、犯人《はんにん》のじゅんびや、移動《いどう》の時間《じかん》も

考《かん》えたら、わかい女性《じょせい》は、『きのうの夜《よる》九時《じ》すぎから、十二時《じ》の間《あいだ》におそわれた』と、推理《すいり》できるでしょう。

　このガラスのかけらのふちには、小《ちい》さな丸《まる》いあながありますね。これは、モノクルをわくに固定《こてい》するためのものです。モノクルは値段《ねだん》が高《たか》くて、上流階級《じょうりゅうかいきゅう》の紳士《しんし》しかかけないから、『身《み》なりのよい男《おとこ》』となるのですよ。」

「だが、どうして、『わかい女性《じょせい》』だとか、『エクレアなどのケーキを食《た》べた』と、わかるんだ？」

と、ガニマール警部《けいぶ》は、ひくい声《こえ》でききました。

ルパンは、つぶされた紙箱《かみばこ》を指《ゆび》さしました。

「これは、ケーキを入《い》れる箱《はこ》です。内側《うちがわ》にエクレアと思《おも》われる、白《しろ》いメ*

レンゲと、チョコ・クリームがついています。たぶん、犯人《はんにん》がケーキを買《か》って、女性《じょせい》のところに行《い》き、二人《ふたり》でコーヒーでも飲《の》みながら、それらを食《た》べたんでしょう。

＊メレンゲ…たまごの白身《しろみ》をあわだてて、さとうなどをくわえたもの。

赤《あか》い絹《きぬ》のスカーフの切《き》れはしは、殺《ころ》された女性《じょせい》の物《もの》でしょうね。こんな色《いろ》と、がらのスカーフは、はでな物《もの》がすきな、わかい女性《じょせい》しか使《つか》いませんよ。」

ルパンは、赤《あか》いスカーフを、指《ゆび》でつまんでつづけました。

「犯人《はんにん》の男《おとこ》は、はじめに女性《じょせい》になぐりかかったんでしょうね。どういう理由《りゆう》でも、女性《じょせい》をなぐるなんて、ほんとうにぼくはゆるせませんがね。」

「どうして、はじめになぐったとわかるんだ?」

ガニマール警部《けいぶ》は、首《くび》をかしげました。

「スカーフの切《き》れはしを、よく見《み》てください。赤《あか》い色《いろ》をしていますが、もっとこい赤《あか》い部分《ぶぶん》があります。血《ち》のあとです。けれど、つつみの中《なか》に、*凶器《きょうき》の刃物《はもの》はありませんでした。このはさみにも血《ち》はついていません。だから、スカーフについた血《ち》は、犯人《はんにん》が女性《じょせい》をなぐって生《しょう》じたものだと考《かんが》えられるのですよ。」

「た、たしかに……。」

ルパンは、身《み》ぶりをまじえながら、いいました。

「女性《じょせい》は、けんめいに、はむかったんでしょう。犯人《はんにん》のモノクルがわれたのも、女性《じょせい》がはたきおとしたからでしょうね。最終的《さいしゅうてき》に犯人《はんにん》は、スカーフを使《つか》って殺《ころ》しました。

女性《じょせい》の息《いき》が止《と》まると、犯人《はんにん》は急《いそ》いで犯行《はんこう》のあとをかくそうと、持《も》っていた新聞《しんぶん》で、証拠《しょうこ》の品《しな》をつつみました。

その新聞《しんぶん》にも、手《て》がかりがありますよ。競馬《けいば》の記事《きじ》がのっている

*凶器《きょうき》…人《ひと》を殺《ころ》したり、きずつけたりするために使《つか》う道具《どうぐ》。

ページに、レースの予想《よそう》をした赤《あか》いしるしがついています。

しかも、新聞《しんぶん》をしばっていたかわのひもは、競馬《けいば》のムチに使《つか》う物《もの》です。この二《ふた》つのことから、この男《おとこ》が競馬《けいば》ずきで、自分《じぶん》でも馬《うま》に乗《の》ると考《かんが》えられるわけです。」

「うーむ……。」

「犯人《はんにん》は、まず、女性《じょせい》とあらそったときにわれた、モノクルのレンズのかけらを拾《ひろ》いあつめました。そして、はさみを使《つか》って、スカーフの血《ち》のついたところを切《き》りとりました。ほんとうは、スカーフをまるごとつつみたかったけれど、女性《じょせい》がしっかりにぎっていて、はなさなかったんでしょう。

ほかにも、ケーキの箱《はこ》など証拠《しょうこ》になりそうな物《もの》を、すべて新聞紙《しんぶんし》につつみ、競馬《けいば》に使《つか》うかわのひもでしばったんですね。重《おも》しになるよう、ガラス製《せい》のインクつぼも、むすびつけました。

それから、犯人《はんにん》の男《おとこ》は女性《じょせい》の家《いえ》からにげだしたのです。セーヌ川《がわ》の橋《はし》まで来《き》て、新聞紙《しんぶんし》のつつみを川《かわ》に投《な》げすてました。

ところが、ぐうぜん、船《ふね》が通《とお》りかかり、つつみはその上《うえ》にのっかってしまったんですね。それで、運《うん》よく、ぼくの手《て》に入《はい》ったというわけです――いいや、犯人《はんにん》にとっては、運悪《うんわる》く、というべきですね。」

と、ルパンは、ひややかにわらいました。

3 ルパンとの約束《やくそく》

「ハハハハハ。」

とつぜん、ルパンはわらいだしました。

「何《なに》が、おかしいんだ！」

ギクリとして、ガニマール警部《けいぶ》はさけびました。

「あなたは、うたがっていますね。どうして、ルパンのやつが、こんな話《はなし》をしたんだろう。この事件《じけん》は、ほんとうにあったことなのだろうか、……と。」

それは、*図星《ずぼし》でした。警部《けいぶ》が心《こころ》の中《なか》で考《かんが》えていたことを、ルパンは、

*図星《ずぼし》…考《かんが》えていたとおりであること。

あっさりといいあてたのです。

「だけど心配《しんぱい》は、いりません。ぼくは、すごくいそがしいんです。あっちこっちの城《しろ》や金持《かねも》ちの屋《や》しきへ出《で》かけて、どろぼうをしなければなりませんからね。時間《じかん》がないんですよ。だから、この事件《じけん》は、ほかの人《ひと》に解決《かいけつ》してもらおうと考《かんが》えましてね。

だとすれば、この仕事《しごと》にふさわしい人《ひと》は、あなたしかいない。ええ、あなたというライバルに、あつい友情《ゆうじょう》の気持《きも》ちを持《も》っているから、手《て》がらを立《た》ててもらおうと思《おも》ったんですよ。それで、あの男《おとこ》と少年《しょうねん》にこづかいをやって、あなたを、この屋《や》しきにまねきこんだ、というわけです。」

そう聞《き》いても、ガニマール警部《けいぶ》は不満《ふまん》でした。

「……まあ、いい。で、わしにどうしろというんだ。」
「さあ、これらの証拠《しょうこ》をあなたにわたします。仕事《しごと》にかかってください。」
「仕事《しごと》？」
「そう。事件《じけん》の半分《はんぶん》は、もうぼくが解決《かいけつ》しました。あとの半分《はんぶん》は、あなたがこれらの証拠《しょうこ》を使《つか》って、解決《かいけつ》してくださいね。」

つまり、犯行現場《はんこうげんば》とひがい者《しゃ》をつきとめ、競馬《けいば》ずきの男《おとこ》を見《み》つければいいんです。そいつをたいほすれば、事件《じけん》は丸《まる》くおさまります。」

「わしが、おまえのいいなりになると思《おも》うのか！」

ガニマール警部《けいぶ》は、ルパンをにらみつけました。

「なりますよ。ぼくの予想《よそう》では、これは解決《かいけつ》がむずかしい事件《じけん》だし、犯《はん》人《にん》も、かなりの大物《おおもの》です。えらい人《ひと》か、金持《かねも》ちでしょう。つかまえたら、りっぱな手《て》がらになりますよ。」

「おまえへの＊1見返《みかえ》りは？」

警部《けいぶ》は、ルパンがただでこんなことをしないと、経験《けいけん》から知《し》っていました。何《なに》か、うらでたくらんでいるはずだと思《おも》ったのです。

「ぼくは、＊2こうき心《しん》が強《つよ》いんです。あなたが事件《じけん》を解決《かいけつ》したら、ぼくの推理《すいり》が当《あ》たっていたかどうか、わかりますよね。今度会《こんどあ》うときに、スカーフののこりを持《も》ってきて、犯人《はんにん》がどんな男《おとこ》だったか、ぼくに教《おし》えてください。それだけで、十分《じゅうぶん》ですよ、警部《けいぶ》さん！」

「……い、いいだろう。」

と、ガニマール警部《けいぶ》は、にがにがしい声《こえ》でいいました。

これがほんとうに殺人事件《さつじんじけん》なら、まずは解決《かいけつ》しなければなりません。

「服装《ふくそう》からすれば、殺《ころ》された女性《じょせい》は、たぶんバレリーナか歌手《かしゅ》です。また、犯人《はんにん》は、ポン・ヌフ橋《ばし》の近《ちか》くに住《す》んでいますね。かれは左《ひだり》ききのはずだから、たいほするときは気《き》をつけてくださいね。」

「あ、ああ……。」

ガニマール警部《けいぶ》は、考《かんが》えが追《お》いつかず、ただうなずくことしかできま

＊1見返《みかえ》り…人《ひと》が自分《じぶん》にしてくれたことにこたえて、何《なに》かをしてあげること。
＊2こうき心《しん》…めずらしいことやまだ知《し》らないことに、強《つよ》くきょうみを持《も》つ心《こころ》。

せんでした。

ルパンは、ゆっくりと立《た》ちあがりました。

「じゃあ、警部《けいぶ》さん。一か月後《げつご》の午前《ごぜん》十時《じ》に、ここでまた会《あ》いましょう。このスカーフだけは、ぼくがあずかっておきます。そのときに、あなたが持《も》ってきたのこりと、つきあわせてみましょう――。」

それだけいうと、ルパンはさっさとドアから出《で》ていってしまいました。

「ま、待《ま》て！」

いすをたおすいきおいで、ガニマール警部《けいぶ》は、あわててそのあとを追《お》いました。

しかし、むだでした。ドアにはかぎがかかっているのか、何《なに》かのしかけがしてあるらしく、取《と》っ手《て》が回《まわ》らなかったのです。

けっきょく、かれがドアをこわし、この部屋《へや》から出《で》られたのは、三十分《ぷん》以《い》上《じょう》もたってからでした。

4 殺人事件《さつじんじけん》

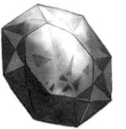

（ルパンのいうことなど、半分《はんぶん》は信《しん》じられない……ぜったい、何《なに》か、たくらんでいやがる……。）

そう思《おも》いながら、新聞紙《しんぶんし》にくるまれた証拠《しょうこ》を持《も》って、ガニマール警部《けいぶ》は、警視庁《けいしちょう》に行《い》きました。

階段《かいだん》の手前《てまえ》で、部下《ぶか》の一人《ひとり》が声《こえ》をかけてきました。

「あ、ガニマール警部《けいぶ》！　さっきから、デュドゥイ部長《ぶちょう》が、あなたのことをさがしていましたよ。」

「どうしてだ。」

ガニマール警部《けいぶ》は、ふきげんな声《こえ》でききました。

「殺人事件《さつじんじけん》が起《お》きたからです。部長《ぶちょう》は、先《さき》に現場《げんば》に行《い》きました。ベルヌ街《がい》にあるアパートです。セーヌ川《がわ》の近《ちか》くですよ。きのうの夜《よる》のおそい時間《じかん》に、わかい女性《じょせい》が殺《ころ》されたんです。歌手《かしゅ》だそうですよ。」

「なんだって？　歌手《かしゅ》!?」

と、ガニマール警部《けいぶ》はおどろき、大《おお》きな声《こえ》を出《だ》しました。

場所《ばしょ》を教《おそ》わって、かれは、急《いそ》いでそこへ向《む》かいました。

（くそっ！　ルパンのいっていた事件《じけん》だ！）

腹立《はらだ》たしいことに、怪盗紳士《かいとうしんし》の推理《すいり》どおりだったのです。

現場《げんば》のアパートに着《つ》くと、三階《かい》の部屋《へや》には、デュドゥイ部長《ぶちょう》や、*鑑識《かんしき》員《いん》や、警察医《けいさつい》などが集《あつ》まっていました。


*鑑識《かんしき》…犯罪《はんざい》のそうさで、指紋《しもん》や血液《けつえき》などを科学的《かがくてき》に調《しら》べること。

「——ああ、ガニマール。きみが来《く》るのを待《ま》っていたぞ。」

デュドゥイ部長《ぶちょう》が、安心《あんしん》した顔《かお》でいいました。

「おそくなってすみません、部長《ぶちょう》。」

「ひがい者《しゃ》は、ジェニー・サフィールという歌手《かしゅ》だ。」

サフィールというのは、フランス語《ご》で、サファイアという宝石《ほうせき》のことです。かのじょは、青《あお》くてきれいなサファイアを持《も》っていることで知《し》られていて、そうよばれていました。

ガニマール警部《けいぶ》は、室内《しつない》を見回《みまわ》しました。引《ひ》き出《だ》しが、ゆかに落《お》ちているなど、部屋《へや》じゅうがあらされています。

デュドゥイ部長《ぶちょう》は、しぶい顔《かお》で説明《せつめい》をつづけました。

「ジェニーは二十五歳《さい》で、最近《さいきん》、人気《にんき》を集《あつ》めている美人歌手《びじんかしゅ》だった。お

ととし、ロシアに演奏旅行《えんそうりょこう》に出《で》かけ、向《む》こうの貴族《きぞく》の前《まえ》で歌《うた》ったところ気《き》に入《い》られ、大《おお》きなサファイアをもらったらしい。

だが、そのサファイアが見当《みあ》たらない。強盗《ごうとう》がかのじょを殺《ころ》して、それをうばっていったのだろう——。」

ジェニーの死体《したい》は、長《なが》いすの上《うえ》にたおれていました。顔《かお》のあたりから血《ち》が流《なが》れでていました。そして、これもルパンの推理《すいり》どおり、だらんとたれた右手《みぎて》には、赤《あか》いスカーフの切《き》れはしがにぎられていました。

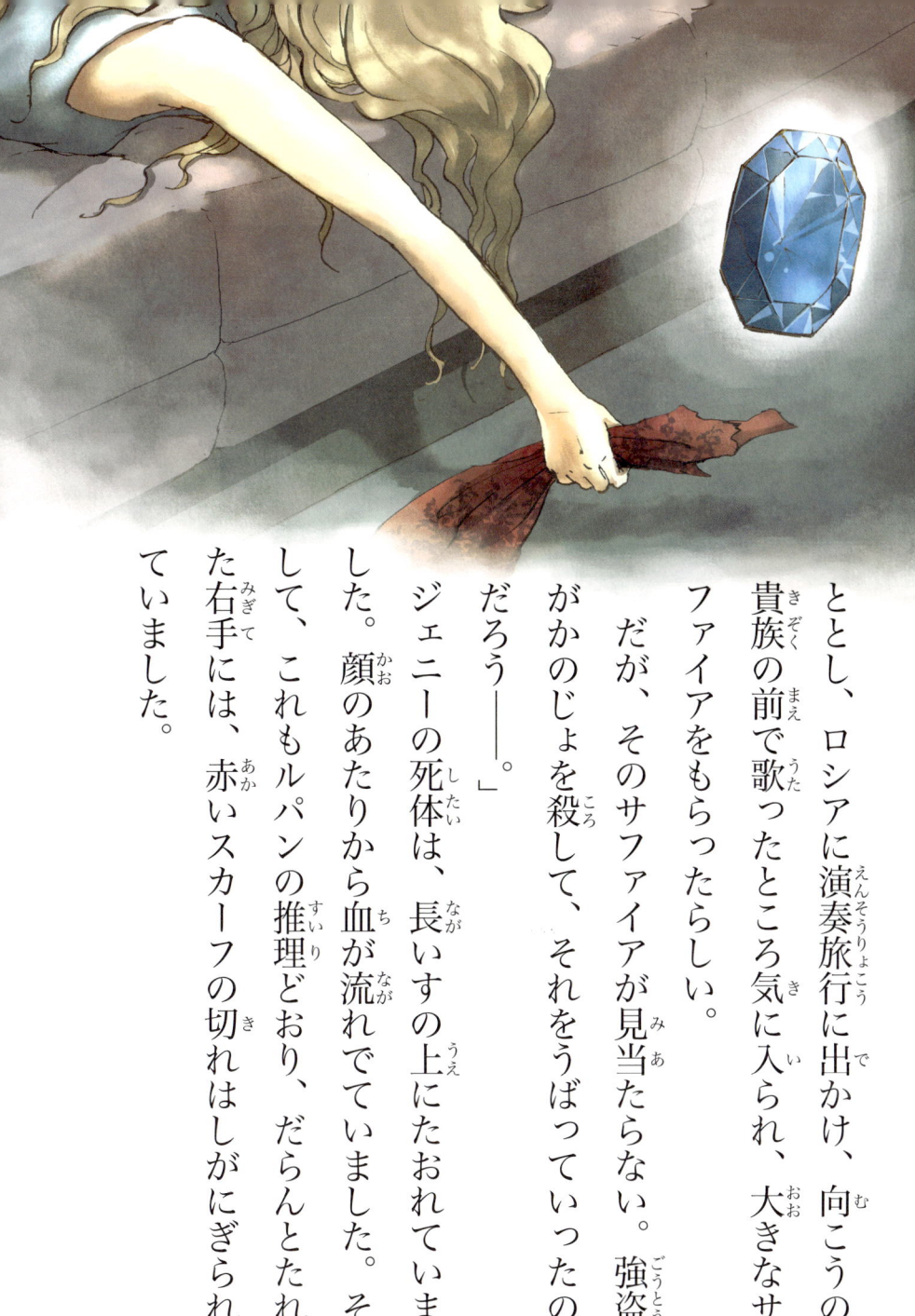

つめが深《ふか》く、そのスカーフに食《く》いこんでいます。

「――もしかして、ルパンのやつが、サファイアをぬすんだのだろうか。」

と、デュドゥイ部長《ぶちょう》がいいましたが、ガニマール警部《けいぶ》は、きっぱりと首《くび》をふりました。

「あいつは、ぜったいに殺人《さつじん》なんかしません。犯人《はんにん》はほかの人間《にんげん》です。」

ルパンの最大《さいだい》のライバルとして、それだけは自信《じしん》がありました。

死体《したい》を調《しら》べおわった警察医《けいさつい》が、みんなに説明《せつめい》しました。

「はじめに、かのじょは、顔《かお》をなぐられました。それから、首《くび》をしめられて殺《ころ》されたのです。このスカーフでやられたんですな。」

警部《けいぶ》は、ため息《いき》をつきました。警察医《けいさつい》も、ルパンと同《おな》じことをいっています。

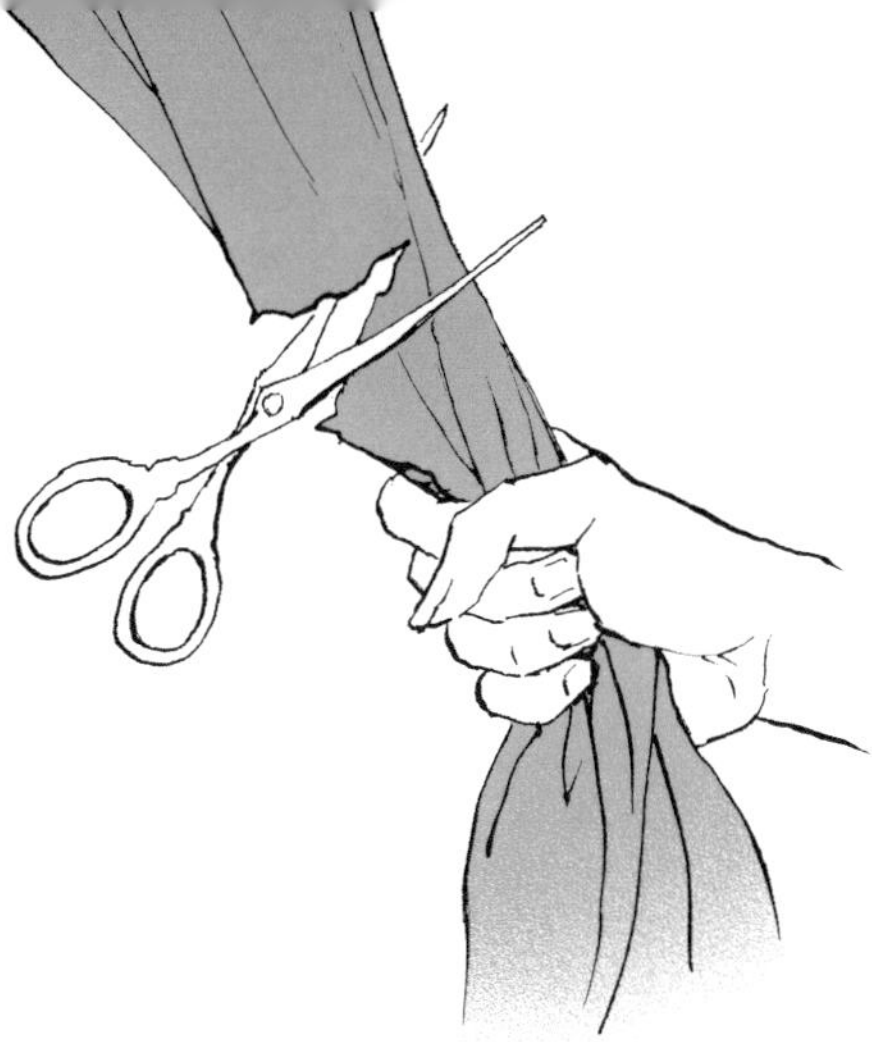

デュドゥイ部長《ぶちょう》が、まゆをピクリと動《うご》かしました。

「どうして、凶器《きょうき》のスカーフは、半分《はんぶん》しかないんだ？」

答《こた》えたのは、ガニマール警部《けいぶ》でした。

「犯人《はんにん》の男《おとこ》が血《ち》のついた手《て》で、スカーフを使《つか》って首《くび》をしめたので、かれの＊指紋《しもん》がスカーフについたのですよ。犯人《はんにん》は、それをもぎとろうとしましたが、かのじょがスカーフをしっかりつかんでいて、できなかったのです。

　だから、証拠《しょうこ》をかくすために、真《ま》ん中《なか》で切《き》り、そちらを持《も》ちさったのでしょう。使《つか》ったのは、はさみですね。急《いそ》いでいたから、切《き》り口《くち》がギザギザです。」

＊指紋《しもん》…今《いま》は、目《め》に見《み》えない指紋《しもん》でも調《しら》べることができるが、このころは物《もの》の表面《ひょうめん》についた指紋《しもん》で、その人《ひと》かどうかを見分《みわ》けてはんだんした。

「犯人《はんにん》は、男《おとこ》だと思《おも》うのかね、ガニマール。」
「ほら、ジェニーの顔《かお》の真《ま》ん中《なか》に、強《つよ》く、広《ひろ》くなぐられたあとがありま
す。こぶしが大《おお》きく、力《ちから》がある人間《にんげん》がやった犯行《はんこう》であり、だとすると、
犯人《はんにん》は男《おとこ》である可能性《かのうせい》が高《たか》いわけです。」
「はさみを使《つか》ったというのは、どうしてわかる？」
「そこに、ふたの開《あ》いたさいほうセットがありますが、はさみだけが見《み》
当《あ》たりません。犯人《はんにん》が、ほかの証拠《しょうこ》といっしょに持《も》っていったんでしょ
うね。」
と、ガニマール警部《けいぶ》は、小《ちい》さなテーブルを指《ゆび》さしました。作《つく》りかけのレー
スのハンカチもあります。犯人《はんにん》がここに来《き》たとき、女《おんな》は、ぬいものをし
ていたようです。

「見事《みごと》な推理《すいり》だ、ガニマール！」

デュドゥイ部長《ぶちょう》は感心《かんしん》し、部下《ぶか》をほめました。しかし、警部《けいぶ》は、まったくうれしくありませんでした。すべて、ルパンが考《かんが》えたとおりだったからです。

（ルパンのやつめ、この犯罪現場《はんざいげんば》にいなかったのに、すべてを見通《みとお》していやがった！）

「警察《けいさつ》に、かのじょの死《し》を知《し》らせたのは、だれですか。」

室内《しつない》を見回《みまわ》し、ガニマール警部《けいぶ》は、

たずねました。

「住《す》みこみの*メイドだ。そのむすめが、ジェニーの身《み》の回《まわ》りの世話《せわ》や、家《いえ》のそうじなどを行《おこな》っていたんだ。」

メイドは、十八歳《さい》の少女《しょうじょ》でした。となりの部屋《へや》に待《ま》たせていたのを、部下《ぶか》がつれてきました。ひどくおびえた表情《ひょうじょう》をしています。

メイドがいうには、ジェニーは、人気《にんき》のあるいそがしい歌手《かしゅ》なのに、きそく正《ただ》しい生活《せいかつ》をしていたとのことでした。しかし、一か月前《げつまえ》から、夜《よる》おそくに、身《み》なりのよい男性《だんせい》が、たずねてくるようになったそうです。

いつも、ジェニーは午後《ごご》十時《じ》ごろに、仕事《しごと》を終《お》えて劇場《げきじょう》からもどってきました。男性《だんせい》は、そのすぐあとに来《き》て、ジェニーと話《はなし》をして、十二時《じ》くらいに帰《かえ》っていたといいます。

「――ジェニーさまは、その男性《だんせい》のことを、『上流階級《じょうりゅうかいきゅう》の人《ひと》で、わたしと結婚《けっこん》したがっているのよ』と、おっしゃっていました。」

と、メイドは思《おも》いだしながら、説明《せつめい》しました。

「ふうむ。どんな感《かん》じの男《おとこ》だね？」

と、みけんにしわをよせ、ガニマール警部《けいぶ》はたずねました。

「よく知《し》りません。ジェニーさまは、わたしに会《あ》わせないようにしていました。

でも、二度《ど》ほど、アパートの入《い》り口《ぐち》で、すれちがったことがあります。帽子《ぼうし》のつばを下《さ》げていて、コートのえりを立《た》てていました。年《とし》は三十歳《さい》から四十歳《さい》くらいだと思《おも》いますけど、男《おとこ》の顔《かお》は、見《み》えませんでした……。」

＊メイド……主人《しゅじん》の身《み》の回《まわ》りの世話《せわ》をする、女性《じょせい》の使用人《しようにん》。

ガニマール警部《けいぶ》は、デュドゥイ部長《ぶちょう》にいいました。

「顔《かお》をかくすのは、あやしいですね。やはり、そいつが犯人《はんにん》でしょう。」

「正体《しょうたい》をつきとめて、つかまえてくれ、ガニマール。」

「そうします。」

と、警部《けいぶ》は深《ふか》くうなずきました。

くやしいけれど、ルパンがくれた手《て》がかりがあります——。

ガニマール警部《けいぶ》は、さっそく、捜査《そうさ》を始《はじ》めました。

5

ガニマール警部《けいぶ》の捜査《そうさ》

ひがい者《しゃ》のジェニー・サフィールの家《いえ》はベルヌ街《がい》にあり、新聞紙《しんぶんし》のつつみがすてられた場所《ばしょ》は、ポン・ヌフ橋《ばし》です。警部《けいぶ》は部下《ぶか》といっしょに、そのあたりのケーキ店《てん》を、全部《ぜんぶ》調《しら》べました。

最後《さいご》に行《い》った店《みせ》で、証拠《しょうこ》と同《おな》じケーキ箱《ばこ》を使《つか》っていました。ガニマール警部《けいぶ》は、店員《てんいん》の少女《しょうじょ》にたずねました。

「昨夜《さくや》、九時《じ》ころ、帽子《ぼうし》をかぶり、

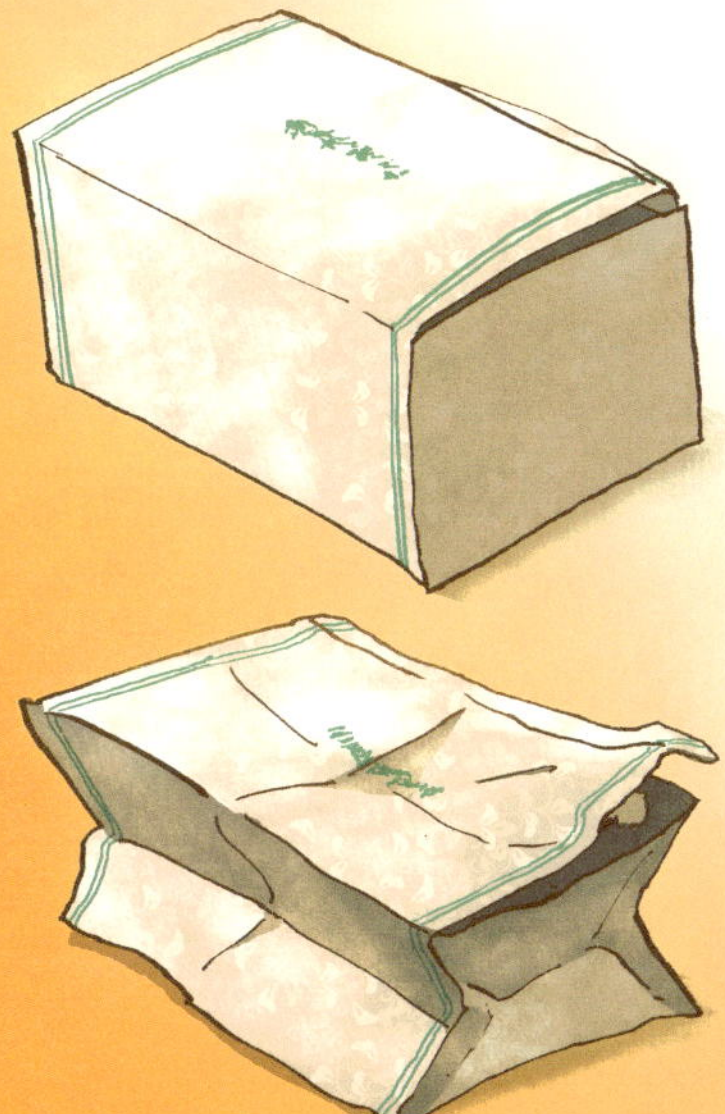

モノクルをかけ、コートのえりを立《た》てた、身《み》なりのよい男性《だんせい》が、ケーキを買《か》わなかったかね。」

店員《てんいん》は、その人物《じんぶつ》をおぼえていました。

「はい。ときどき、うちのケーキをお買《か》いになりますわ。」

「どこの人《ひと》か、知《し》っているかね。」

「いいえ。ぞんじません。」

と、店員《てんいん》は首《くび》をふりました。

次《つぎ》に、ガニマール警部《けいぶ》は、新聞屋《しんぶんや》に出《で》かけました。証拠《しょうこ》となるやぶれた新聞《しんぶん》を見《み》せると、店主《てんしゅ》は答《こた》えました。

「——ああ、これは、『競馬《けいば》グラフ』という競馬新聞《けいばしんぶん》でさあ。予約《よやく》している人《ひと》に、わしらがおとどけするもんですぜ。」

「じゃあ、ここで売《う》っている相手《あいて》を教《おし》えてくれ。」

ガニマール警部《けいぶ》は、かれからリストをもらいました。ポン・ヌフ橋《ばし》から、ベルヌ街《がい》あたりに住《す》んでいる人《ひと》は、七人《にん》いました。

警部《けいぶ》は、二人《ふたり》の部下《ぶか》をつかい、それらの人物《じんぶつ》を調《しら》べさせました。そして、すぐにあやしい人物《じんぶつ》がうかびました。モノクルをかけているのは、一人《ひとり》しかいなかったからです。

男《おとこ》の名前《なまえ》は、プレベーユ。オーギュスタン通《どお》りにある、高級《こうきゅう》マンションに住《す》んでいました。競馬場《けいばじょう》によく出入《でい》りしていて、自分《じぶん》でも競走馬《きょうそうば》を持《も》っているとのことでした。

マンションの管理人《かんりにん》が、こう*証言《しょうげん》しました。

「プレベーユさんは、昨夜《さくや》も九時《じ》すぎに、『競馬《けいば》グラフ』を手《て》にして出《で》

*証言《しょうげん》…言葉《ことば》で、体験《たいけん》したり、実《じっ》さいに見《み》たりした事実《じじつ》を話《はな》すこと。

かけました。そして帰《かえ》ってきたのは、午前《ごぜん》一時《じ》をすぎてからでしたね。」

「よし、まちがいない。プレベーユをつかまえるぞ！」

ガニマール警部《けいぶ》は、大声《おおごえ》で、部下《ぶか》たちにいいました。

三人《にん》は、通《とお》りの向《む》こうから、このマンションを見《み》はりました。

夜《よる》七時《じ》すぎに、コートのえりを立《た》てて、*山高帽《やまたかぼう》をかぶった紳士《しんし》が帰《かえ》ってきました。左手《ひだりて》で、ステッキをついています。

（こいつだな！）

ガニマール警部《けいぶ》は、素早《すばや》く、男《おとこ》の前《まえ》に立《た》ちはだかりました。後《うし》ろから、部下《ぶか》たちが男《おとこ》をはさみうちにしました。

警部《けいぶ》は、強《つよ》い声《こえ》でたずねました。

「プレベーユだな!?」

「そうだが、あんたはだれだ。」

男《おとこ》はステッキを右手《みぎて》に持《も》ちかえると、けいかいした顔《かお》でききかえしました。

「警察《けいさつ》の者《もの》だ――。」

最後《さいご》までいうことは、できませんでした。プレベーユは、かべぎわまで後《あと》ずさりし、三人《にん》の警官《けいかん》をにらみながら、

「下《さ》がれ！　おれにかまうな！」

と、どなって、ステッキをふりあげたからです。

男《おとこ》はステッキで、ガニマール警部《けいぶ》を

＊山高帽《やまたかぼう》…羊毛《ようもう》などから作《つく》られたフェルト生地《きじ》で、上部《じょうぶ》に丸《まる》みがあり、つばがある帽子《ぼうし》。

なぐろうとしました。

ヒュン！

ステッキの先《さき》が、*1空《くう》を切《き》りました。

警部《けいぶ》は身《み》をしずめて、間一髪《かんいっぱつ》で相手《あいて》の攻撃《こうげき》をかわしました。そして、男《おとこ》のステッキを、両手《りょうて》でガシッとつかんだのです。

そのとき、ガニマール警部《けいぶ》の頭《あたま》に、ルパンの注意《ちゅうい》が思《おも》いうかびました。

（その男《おとこ》は、左《ひだり》ききだぞ――。）

警部《けいぶ》は、はっとしました。男《おとこ》が左手《ひだりて》をコートのポケットに入《い》れて、何《なに》かを取《と》りだしたからです。

それは、ピストルでした。ステッキをわざわざ右手《みぎて》ににぎりかえたのは、左手《ひだりて》でピストルをうつためだったのです！

ガニマール警部《けいぶ》は、ステッキを全力《ぜんりょく》でうばいとると、それを使《つか》って、下《した》から相手《あいて》のあごを思《おも》いっきりつきあげました。

「ぎゃっ！」という男《おとこ》の悲鳴《ひめい》と、「ズドン！」というピストルの発射音《はっしゃおん》は同時《どうじ》でした！

あぶないところでした。ピストルのたまは、ガニマール警部《けいぶ》の肩《かた》をかすめました。警部《けいぶ》が、ルパンのいったことを思《おも》いだして、早《はや》く動《うご》かなければ、胸《むね》に命中《めいちゅう》していたでしょう。

地面《じめん》にたおれた男《おとこ》を部下《ぶか》たちが取《と》りおさえて、ガチャッと手《て》じょうをかけました。

「よし。こいつを*2留置場《りゅうちじょう》へ入《い》れるのだ！」

と、ガニマール警部《けいぶ》はほっとしながら、命令《めいれい》しました。

*1空《くう》を切《き》る…なんの手《て》ごたえもないことをする。からぶりをする。
*2留置場《りゅうちじょう》…犯罪《はんざい》をおかしたうたがいのある人《ひと》を、取《と》りしらべるために、警察《けいさつ》にとめておく場所《ばしょ》。

6

赤《あか》いスカーフのひみつ

一週間《しゅうかん》かけて、ガニマール警部《けいぶ》たちは、プレベーユのことをきびしく取《と》りしらべ、いろいろなことがわかりました。

プレベーユというのは、にせの名前《なまえ》で、ほんとうの名前《なまえ》は、トーマ・ドゥロックといい、*前科《ぜんか》のある悪党《あくとう》でした。かれの家《いえ》の中《なか》からは、新聞紙《しんぶんし》のつつみをしばっていた、あのかわのひもと同《おな》じ物《もの》が出《で》てきました。

ケーキ店《てん》の少女《しょうじょ》は、あの夜《よる》、ケーキを買《か》いに来《き》たのはかれだと証言《しょうげん》しました。ジェニーのメイドも、たぶんかれが、いつもたずねてくる男《おとこ》だと思《おも》うといいました。

ですが、上司《じょうし》のデュドゥイ部長《ぶちょう》は、しぶい顔《かお》でした。

「ガニマール。これでは、まだだめだ。やつを犯人《はんにん》だとする、決定的《けっていてき》な証拠《しょうこ》がなければ――。」

というのも、なくなったサファイアが、プレベーユの家《いえ》からもどこからも、見《み》つからなかったからです。

「おれは、ジェニーなんて知《し》らないね。サファイアも持《も》っていないぞ。」

プレベーユは、殺《ころ》していないと、いいはりました。

「やつの指紋《しもん》さえ、あればな……。」

＊前科《ぜんか》…以前《いぜん》に法律《ほうりつ》による刑罰《けいばつ》を受《う》けていること。前《まえ》におかした罪《つみ》。

とデュドゥイ部長《ぶちょう》がいうので、ガニマール警部《けいぶ》は、ジェニーの手《て》にあったスカーフの切《き》れはしを何度《なんど》も調《しら》べました。しかし、こっちの切《き》れはしには、血《ち》が一てきもついていません。はしっこのほうに、太《ふと》い糸《いと》であんだ丸《まる》いふさがついています。ビー玉《だま》が入《はい》りそうな大《おお》きさでした。

そういえば、ルパンが持《も》っていったスカーフの切《き》れはしにも、同《おな》じふさがついていました。そのことを、ガニマール警部《けいぶ》は思《おも》いだしました。

(とにかく、あいつから、スカーフののこりをもらおう。ついでに、あいつもたいほできれば、いいんだがな……。)

ルパンとの約束《やくそく》の日《ひ》、そう考《かんが》えながら、警部《けいぶ》はふたたび、シュレーヌ通《どお》りにある、あの古《ふる》い建物《たてもの》へ出《で》かけました。

「——おまえたちは、屋《や》しきの門《もん》を見《み》はっていてくれ。ルパンがにげだしてきたら、とらえるんだぞ。」

部下《ぶか》にそう命《めい》じ、ガニマール警部《けいぶ》は中《なか》に入《はい》りました。

この建物《たてもの》の出入《でい》り口《ぐち》は、ここしかないようです。白髪《しらが》の年《とし》とったペンキ職人《しょくにん》が、建物《たてもの》の板《いた》かべを緑色《みどりいろ》にぬっていました。あたりに、ペンキのにおいが、プーンとただよっています。

中《なか》に入《はい》った警部《けいぶ》は、ズボンのポケットの中《なか》で、ピストルをにぎりました。用心《ようじん》しながら、階段《かいだん》を上《のぼ》りました。あの部屋《へや》のドアが、半分《はんぶん》、開《あ》いていました。中《なか》から、明《あ》かりがもれています。

そっと入《はい》りましたが、だれもいません。物音《ものおと》もしません。

「ふん。ルパンのやつ、おじけづいて来《こ》なかったな——。」

と、ガニマール警部《けいぶ》がバカにしたようにいうと、とたんに、後《うし》ろで、

「じょうだんじゃない。天下《てんか》のルパンさまは、かならず約束《やくそく》を守《まも》るんだ。」

と、年《とし》よりの、しわがれた声《こえ》がしました。

警部《けいぶ》が、はっとしてふりかえると、さっきのペンキ職人《しょくにん》が立《た》っていました。

相手《あいて》の声《こえ》が、急《きゅう》に、わかわかしくなりました。

「ハハハハ、ぼくです、ルパンですよ。まだわからないのですか。」

「……ル、ルパン!?」

「まあ、いいでしょう、警部《けいぶ》さん。れいのスカーフの切《き》れはしを持《も》ってきましたか。ジェニーという歌手《かしゅ》が殺《ころ》されて、プレベーユをつかまえたことも、もちろん知《し》っています。警察《けいさつ》には、ぼくの部下《ぶか》が、何人《なんにん》ももぐりこんでいますから、情報《じょうほう》はつつぬけですよ。」

かつらとひげをさっと取《と》り、ルパンは、にこにこしながら、手《て》を出《だ》しました。

「ジェニーがにぎっていたのは、これだ……。」

ガニマール警部《けいぶ》は、スカーフの切《き》れはしを、ルパンに手《て》わたしました。

「じゃあ、もう半分《はんぶん》のスカーフと、合《あ》わせてみましょう。」

ルパンが、テーブルの上《うえ》で、両方《りょうほう》の切《き》れはしをくっつけると、それらは、ぴったりと合《あ》い、一《ひと》つのスカーフになりました。

「やはり、これでまちがいありません。そして、ぼくの持《も》っていたほうには、血《ち》にそまった指紋《しもん》が、ついています。ほら、左手《ひだりて》のあとが、ついているでしょう。プレベーユは、左手《ひだりて》でなぐった——だから、左《ひだり》ききといったわけです。この切《き》れはしは、やつが犯人《はんにん》であるという、たしかな証拠《しょうこ》ですね。

さあ、警部《けいぶ》さん、これをあなたにあげます。その代《か》わり、ジェニーがにぎっていたほうは、ぼくが記念《きねん》にもらいますね。むずかしい事件《じけん》を、あざやかに解決《かいけつ》したのですから、そのごほうびというわけです。」

そういうと、ルパンは自分《じぶん》が持《も》っていたほうのスカーフを、ふわりとガニマールに投《な》げわたしました。

警部《けいぶ》は、大事《だいじ》な証拠《しょうこ》のスカーフをていねいにしまうと同時《どうじ》に、ピストルを取《と》りだしました。

「ルパン、ありがとうよ。だが、それはそれ、これはこれだ。わしはおまえをたいほする。あきらめろ！」

つめたい声《こえ》でいいましたが、ルパンはまったくあわてません。

「まあまあ。そんなぶっそうな物《もの》は、しまってくださいよ。それよりも、警部《けいぶ》さん。どうして、ぼくが、ジェニーのにぎっていたスカーフをほしがったか、ほんとうの理由《りゆう》を知《し》りたくないですか。」

「なんだって。」

警部《けいぶ》は、ぎくりとしました。

ルパンは左手《ひだりて》を広《ひろ》げて、前《まえ》に出《だ》しました。その上《うえ》に、古《ふる》いメダルがのっていました。

「このスカーフはよく見《み》ると手作《てづく》りだし、つつみに入《はい》っていたはさみも、さいほう用《よう》です。ジェニーは、さいほうが上手《じょうず》だったんでしょう。ぼくはスカーフを、さらに調《しら》べました。そうしたら、このメダルが、スカーフのふさの中《なか》から出《で》てきたんです。大事《だいじ》にかくしていたんです。きっと、お守《まも》りか思《おも》い出《で》の品《しな》なんでしょう。

だから、ぼくは、もうかたほうのスカーフにあるふさにも、大切《たいせつ》な物《もの》が、かくしてあるんじゃないかと想像《そうぞう》しました。それをたしかめたくて、あなたに持《も》ってきてもらったわけですよ──。」

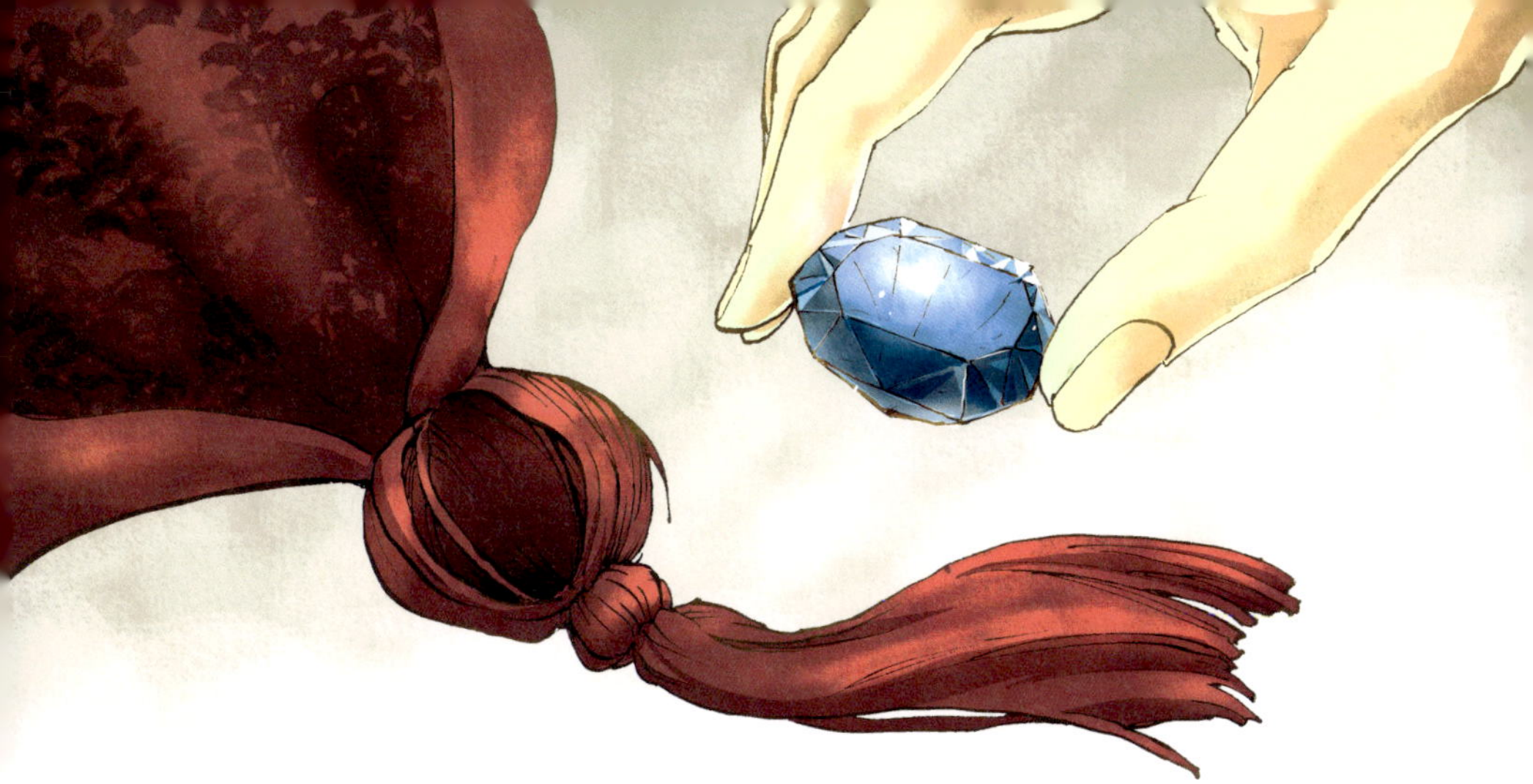

そういうと、ルパンは警部《けいぶ》が持《も》ってきたスカーフのふさを、指《ゆび》の先《さき》でいじりはじめました。すると、ほぐされた糸《いと》と糸《いと》の間《あいだ》から、何《なに》か、かがやく物《もの》が出《で》てきたのでした。

「――ほうら、ありました。美《うつく》しい宝石《ほうせき》です！」

ルパンはうれしそうにいい、親指《おやゆび》と人差《ひとさ》し指《ゆび》でつかみ、電灯《でんとう》の光《ひかり》へかざしたのです。

青《あお》くて、きれいな光《ひかり》がきらめきました。

「ジェ、ジェニーのサファイア！」

ガニマール警部《けいぶ》は、真《ま》っ青《さお》になりました。

「そう、大《おお》きくて、かなり高価《こうか》なサファイアです。」

ルパンはフフフとわらい、それをポケットに入《い》れました。

「ちくしょう！　ルパン、おまえ、はじめから、その宝石《ほうせき》がねらいだったんだな！」

ガニマール警部《けいぶ》は、いかりにふるえながら、大声《おおごえ》を上《あ》げました。

「自分《じぶん》が、サファイアを持《も》っていたと気《き》づかないなんて、ほんとうにまぬけですよ、警部《けいぶ》さん。

なぜ、ジェニーが必死《ひっし》にスカーフをつかんでいたか、あなたは理由《りゆう》を考《かんが》えなかったのですか。考《かんが》えたら、宝石《ほうせき》がふさの中《なか》にかくされているはずだと、すぐに気《き》づいたでしょうに。」

と、ルパンは、笑顔《えがお》のままいいました。

カッとなった警部《けいぶ》は、ピストルをかまえました。

「宝石《ほうせき》を返《かえ》せ。返《かえ》さないとうつぞ、ルパン！」

しかし、大《おお》どろぼうは、まったく動《どう》じませんでした。そして、ゆうゆうと入《い》り口《ぐち》のほうへ、後《あと》ずさりします。

「うつならうってみてください、でも、そんな物《もの》で、ぼくはきずつきませんよ。」

「どうしてだ!?」

「そのピストルには、たまが入《はい》っていませんからね。」

「ええっ!?」

ガニマール警部《けいぶ》は、おどろきました。

「あなたの家《いえ》には、家政婦《かせいふ》のカトリーヌばあさんが、いるでしょう。じつは、かのじょも、ぼくの部下《ぶか》の一人《ひとり》でしてね。

けさ、あなたが出《で》かける前《まえ》に、かのじょが、ピストルから、たまをぬきとってくれたわけです。ぼくが、たのんでおいたのですよ。」

さらにびっくりして、警部《けいぶ》は、持《も》っているピストルに目《め》を向《む》けました。

とたんに、ルパンが、ガニマール警部《けいぶ》を柔道《じゅうどう》のわざで投《な》げとばし、警部《けいぶ》は、たおれこみました。

そのすきに、ルパンは、部屋《へや》の外《そと》にかけだします。

「く、くそう……。」

ガニマール警部《けいぶ》は苦《くる》しそうに、やっとのことで立《た》ちあがりました。ですが、またもや、ドアが開《あ》かなくなっていました。

(二度《ど》も、同《おな》じ手《て》に引《ひ》っかかるなんて！　わしはなんてバカだ！)

自分《じぶん》で自分《じぶん》をののしり、ガニマール警部《けいぶ》は急《いそ》いでまどを開《あ》け、外《そと》にいる部下《ぶか》の一人《ひとり》をよびました。

「とじこめられた！　ドアを開《あ》けてくれ！」

やっとのことで、屋《や》しきの外《そと》に出《で》たガニマール警部《けいぶ》は、もう一人《ひとり》の部《ぶ》下《か》にたずねました。

「ルパンはどうした!?」

「いいえ、あやしいやつはだれも出《で》てきませんでしたよ。出《で》てきたのは、ペンキ職人《しょくにん》の老人《ろうじん》だけです。あなたにわたしてくれって、手紙《てがみ》をあずかりましたが。」

「そいつがルパンだ！　ルパンの変装《へんそう》なのだ！」

しかし、すでに手《て》おくれでした。もうどこにも、あの怪盗紳士《かいとうしんし》はいませんでした。

ガニマール警部《けいぶ》は、ふうとうの中《なか》から、手紙《てがみ》を取《と》りだしました。えんぴつで、こう走《はし》り書《が》きされていました。

ガニマール警部《けいぶ》さんへ

あなたは、なんでもかんたんに信《しん》じてしまいますね。

あなたのピストルに、細工《さいく》なんてしていませんよ。たまは、ちゃんと入《はい》っているはずです。

ええ、カトリーヌばあさんが、ぼくの部下《ぶか》だというのは、真《ま》っ赤《か》なうそです。お会《あ》いしたことはないが、きっとかのじょは、正直者《しょうじきもの》の、よい家政婦《かせいふ》でしょうね。

それでは、またいつか、お目《め》にかかりましょう。あなたの親友《しんゆう》より。

アルセーヌ・ルパン

（「赤《あか》いスカーフのひみつ」おわり）

物語《ものがたり》について

世界一《せかいいち》、有名《ゆうめい》な怪盗《かいとう》、ルパン！

編著《へんちょ》・二階堂黎人《にかいどうれいと》

みなさん。世界一《せかいいち》、有名《ゆうめい》な怪盗《かいとう》をごぞんじですか。

そう。それは、この小説《しょうせつ》の主人公《しゅじんこう》、アルセーヌ・ルパンです。フランスの作家《さっか》、モーリス・ルブランという人《ひと》が、生《う》みの親《おや》です。ルパンの第《だい》一作《さく》、短編《たんぺん》「ルパン逮捕《たいほ》される」は、一九〇五年《ねん》に、「ジュ・セ・トゥ」という雑誌《ざっし》に発表《はっぴょう》されました。するとたちまち、ルパンは、フランスで大人気《だいにんき》になりました。

日本でも昔《むかし》から、ルパンの小説《しょうせつ》はくりかえし訳《やく》されて、たくさんの読者《どくしゃ》に愛《あい》されてきました。というのも、ルパンがたいへん魅力《みりょく》のある人物《じんぶつ》だからです。

ルパンは変装《へんそう》の名人《めいじん》で、ねらったものをかならずぬすみだしてしまうという、とても頭《あたま》のよい、大《おお》どろぼうです。しかし、女性《じょせい》や子《こ》どもにやさしく、悪人《あくにん》と対《たい》決《けつ》したり、名探偵《めいたんてい》のように、むずかしい事件《じけん》を解決《かいけつ》したりすることもあります。

収録作《しゅうろくさく》の「あやしい旅行者《りょこうしゃ》」は、ルパンの第《だい》一短編集《たんぺんしゅう》『怪盗紳士《かいとうしんし》ルパン』（一九〇七

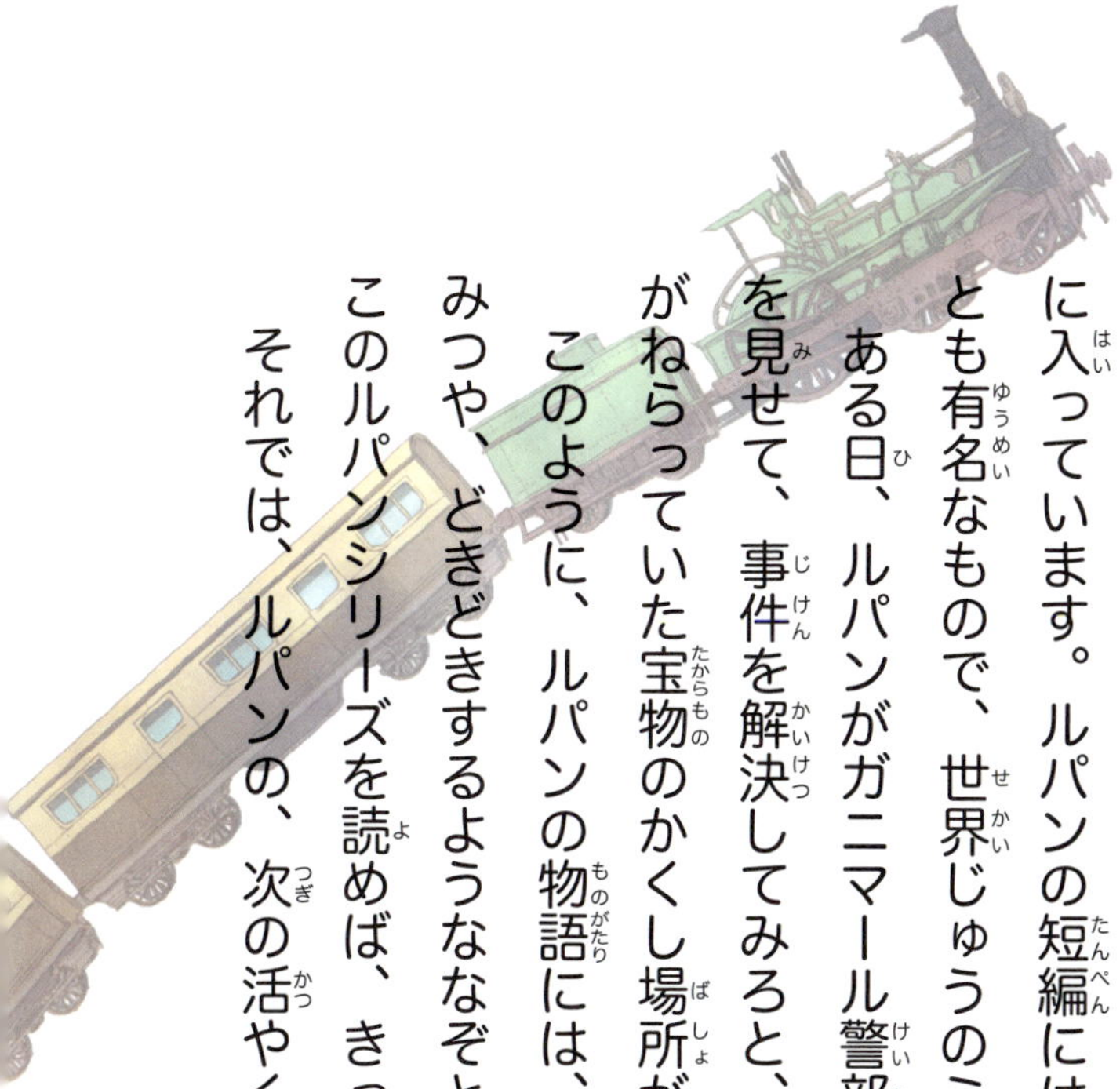

年発表《ねんはっぴょう》）に入《はい》っています。「ルパン逮捕《たいほ》される」で、ルパンはガニマール警部《けいぶ》につかまってしまいますが、すぐに脱獄《だつごく》します。そして、にげているとちゅうに出《で》くわしたのが、この事件《じけん》なのです。

「赤《あか》いスカーフのひみつ」は、第《だい》二短編集《たんぺんしゅう》『ルパンの告白《こくはく》』（一九一三年発表《ねんはっぴょう》）に入《はい》っています。ルパンの短編《たんぺん》には、傑作《けっさく》がたくさんありますが、これは、もっとも有名《ゆうめい》なもので、世界《せかい》じゅうのミステリーファンも絶賛《ぜっさん》しています。

ある日《ひ》、ルパンがガニマール警部《けいぶ》をだましてよびだし、きみょうな証拠《しょうこ》の品々《しなじな》を見《み》せて、事件《じけん》を解決《かいけつ》してみろと、いどみます。そして、最後《さいご》になって、ルパンがねらっていた宝物《たからもの》のかくし場所《ばしょ》がわかるわけです。あざやかな結末《けつまつ》ですね！

このように、ルパンの物語《ものがたり》には、わくわくする冒険《ぼうけん》や、ギクリとするようなひみつや、どきどきするようななぞときが、たくさんつまっています。みなさんも、このルパンシリーズを読《よ》めば、きっと、ミステリー小説《しょうせつ》が大《だい》すきになるはずです。

それでは、ルパンの、次《つぎ》の活《かつ》やくをお楽《たの》しみに！

もっと もっと
お話《はなし》を読《よ》みたい子《こ》に…

10歳《さい》までに読《よ》みたい世界名作《せかいめいさく》 シリーズ

ここでも読《よ》める！ ルパンのお話《はなし》

怪盗《かいとう》 アルセーヌ・ルパン

大金持《おおがねも》ちから盗《ぬす》みをはたらくが、弱《よわ》い人《ひと》は助《たす》ける怪盗紳士《かいとうしんし》、アルセーヌ・ルパン。あざやかなトリックで、次々《つぎつぎ》に世界中《せかいじゅう》の人《ひと》をびっくりさせる事件《じけん》を起《お》こす！

10歳までに読みたい世界名作 12
名警部をうならせる、怪盗紳士のあざやかなトリック
怪盗アルセーヌ・ルパン
作／モーリス・ルブラン
編訳／芦辺 拓
Gakken

ISBN978-4-05-204190-7

Episode《エピソード》 01 怪盗《かいとう》ルパン対悪魔男爵《たいあくまだんしゃく》

古城《こじょう》に住《す》む男爵《だんしゃく》に届《とど》けられた、盗《ぬす》みの予告状《よこくじょう》。差出人《さしだしにん》は、刑務所《けいむしょ》にいるはずのアルセーヌ・ルパン！ ろう屋《や》の中《なか》のルパンが、どうやって美術品《びじゅつひん》を盗《ぬす》むというのか!?

Episode《エピソード》 02 怪盗《かいとう》ルパンゆうゆう脱獄《だつごく》

「裁判《さいばん》には出《で》ない」といいはなち、ろう屋《や》からの脱走《だっそう》を予告《よこく》するルパン。そしてルパンの裁判《さいばん》の日《ひ》、たくさんの人《ひと》の前《まえ》にあらわれた男《おとこ》は、まったくの別人《べつじん》だった!?

お話《はなし》がよくわかる！
『物語《ものがたり》ナビ』が大人気《だいにんき》

ルパンからの予告状とどく！

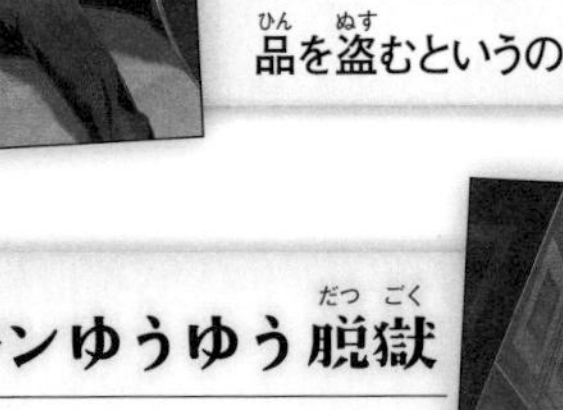
マラー城

全《ぜん》2作品《さくひん》
＋
物語《ものがたり》ナビ付《つ》き

カラーイラストで、登場人物《とうじょうじんぶつ》やお話《はなし》のことが、すらすら頭《あたま》に入《はい》ります。

ISBN978-4-05-204062-7

こっちもおもしろい！ ホームズのお話《はなし》

名探偵《めいたんてい》 シャーロック・ホームズ

「世界一《せかいいち》の名探偵《めいたんてい》ホームズが、とびぬけた推理力《すいりりょく》で、だれも解決《かいけつ》できないおかしな事件《じけん》にいどむ！ くりだされるなぞ解《と》きと、犯人《はんにん》との対決《たいけつ》がスリル満点《まんてん》。」

事件《じけん》File《ファイル》01 まだらのひも

ホームズの部屋《へや》へ来《き》た女《おんな》の人《ひと》が話《はな》した、おそろしい出来事《できごと》。夜中《よなか》の口笛《くちぶえ》、決《けっ》して開《あ》かないまど、ふたごの姉《あね》が死《し》ぬ前《まえ》に口《くち》にした言葉《ことば》「まだらのひも」とは何《なに》か……!?

しばらくしてから、ホームズがたずねました。

「はい……。あまりおかしな死に方だというので、いろいろ調べてくださったのですが、姉の部屋は、まどもドアも内側からかぎがかかって、だれも出入りができませんでしたし、何より、なぜ死んだかが、わからなかったのです。」

「お姉さんは、ねまきを着ておられましたか。それとも起きているときの服でしたか？」

「ねまきを着ていました。手にはマッチのもえさしを持っておりました。」

「ふーむ。ということは、ねていたときに、何かに気づいて、それをたしかめようとしてマッチをつけたんでしょうね。」

ホームズがいいました。そのあとにつづけて、

「お姉さんは、たしかに『まだらのひも』とさけんだのですね。」

「はい、英語で『スペックルド・バンド』と、はっきりと。」

ヘレンがいったとき、ぼくはふと思いついたことがあって、口をはさみました。

30

ほか全《ぜん》3作品《さくひん》を収録《しゅうろく》。

10歳《さい》までに読《よ》みたい 世界名作《せかいめいさく》 シリーズ

赤毛のアン / トム・ソーヤの冒険 / オズのまほうつかい / ガリバー旅行記 / 若草物語 / 名探偵シャーロック・ホームズ

小公女セーラ / シートン動物記「オオカミ王ロボ」 / アルプスの少女ハイジ / 西遊記 / ふしぎの国のアリス / 怪盗アルセーヌ・ルパン / ひみつの花園 / 宝島 / あしながおじさん

アラビアンナイト シンドバッドの冒険 / 少女ポリアンナ / ロビンソン・クルーソー / フランダースの犬 / 岩くつ王 / 家なき子 / 三銃士 / 王子とこじき / 海底二万マイル

ナルニア国物語 ライオンと魔女 / 十五少年漂流記 / 長くつ下のピッピ / ロスト・ワールド / レ・ミゼラブル ああ無情 / 三国志 / ドリトル先生大航海記

この次《つぎ》何《なに》読《よ》む？

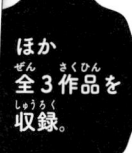

編著　**二階堂黎人**（にかいどう　れいと）

1959年東京都生まれ。90年、第1回鮎川哲也賞で『吸血の家』が佳作入選。92年、『地獄の奇術師』（講談社）でデビュー。推理小説を中心にして、名探偵二階堂蘭子を主人公にした『人狼城の恐怖』四部作（講談社）、水乃サトルを主人公にした『智天使の不思議』（光文社）、ボクちゃんこと6歳の幼稚園児が探偵として活躍する『ドアの向こう側』（双葉社）など、著書多数。大学時代に手塚治虫ファンクラブの会長を務め、手塚治虫の評伝『僕らが愛した手塚治虫』シリーズ（小学館）も発表している。

絵　**清瀬のどか**（きよせ　のどか）

漫画家・イラストレーター。代表作に『鋼殻のレギオス MISSING MAIL』『FINAL FANTASY XI LANDS END』（ともにKADOKAWA）、『学研まんがNEW日本の歴史04-武士の世の中へ-』『10歳までに読みたい世界名作12巻 怪盗アルセーヌ・ルパン』（ともにGakken）など。

原作者

モーリス・ルブラン

1864年、フランスのルーアンに生まれた、推理、冒険小説家。
1905年に「怪盗ルパン」シリーズを出し、世界中の人々に読まれるベストセラーとなる。

一部地図イラスト／入澤宣幸（ラムダプロダクション）

10歳までに読みたい名作ミステリー

怪盗アルセーヌ・ルパン
あやしい旅行者

2016年6月28日　第1刷発行
2025年3月24日　第10刷発行

原作／モーリス・ルブラン
編著／二階堂黎人
絵／清瀬のどか
装幀デザイン／相京厚史・大岡喜直(next door design)
巻頭デザイン／増田佳明(next door design)
協力／ルパン同好会　松本典久

発行人／川畑　勝
編集人／高尾俊太郎
企画編集／松山明代　髙橋美佐
編集協力／勝家順子　上埜真紀子
ＤＴＰ／株式会社アド・クレール
発行所／株式会社Gakken
〒141-8416 東京都品川区西五反田2-11-8
印刷所／株式会社広済堂ネクスト

この本は環境負荷の少ない下記の方法で制作しました。
●製版フィルムを使用しないCTP方式で印刷しました。
●一部ベジタブルインキを使用しました。
●環境に配慮して作られた紙を使用しています。

この本に関する各種お問い合わせ先
●本の内容については、下記サイトのお問い合わせフォームよりお願いします。
https://www.corp-gakken.co.jp/contact/
●在庫については　Tel 03-6431-1197（販売部）
●不良品（落丁、乱丁）については　Tel 0570-000577
学研業務センター　〒354-0045　埼玉県入間郡三芳町上富279-1
●上記以外のお問い合わせは　Tel 0570-056-710（学研グループ総合案内）

NDC900　170P　21cm

学研グループの書籍・雑誌についての新刊情報・詳細情報は、下記をご覧ください。
学研出版サイト　https://hon.gakken.jp/

物語《ものがたり》を読《よ》んで、
想像《そうぞう》のつばさを
大《おお》きく羽《は》ばたかせよう！
読書《どくしょ》の幅《はば》を
どんどん広《ひろ》げよう！

シリーズキャラクター
「名作《めいさく》くん」

ふふふ…。
「10歳《さい》までに読《よ》みたい名作《めいさく》ミステリー
怪盗《かいとう》アルセーヌ・ルパン」シリーズ５さつを
読《よ》んだら、ひとつの言《こと》葉《ば》になるのだよ。
ちょうせんしたまえ。